增訂新版

我不是怪咖

姜子安——著

陳沛珛——圖

名家推薦

張子樟（臺北教育大學教授）：

一個思維方式跟別人不同的孩子，在班上格格不入。媽媽精神出了狀況，他只好當個「逃兵」，整天沉迷在書堆裡。經過無數次大小事的衝撞，在幾位老師的體貼與愛心的照顧後，終於克服了一切。實際上，他最欠缺的是家人的關懷，阿姨與表妹畢竟隔了一層。

全文描寫孩子在校的互動情形十分精彩。作者藉主角拋出一個永遠無解的問題：人為什麼要比來比去？作者串綴生活中的點點滴滴，突顯國小的現實面，似乎欠缺章法，但當前的國小生活確實如此這般。作者借用這種手法間接反映了孩子的困境。

李偉文（少兒文學名家）：

二十一世紀除了是高度競爭的時代之外，也是個容易憂鬱的時代，不管我們多努力，都有可能遭遇到挫折與傷害，因此在生活中有健康的紓解壓力的方式，找到生命的活水源頭，是很重要的課題。《我不是怪咖》是個從閱讀中找到力量的孩子，相信這本書也可以撫慰許多有同樣困境的小朋友，並進而體會到閱讀帶給我們的樂趣。

王宣一（少兒文學名家）：

講述一個青春期的少年，有著不為人知的一些心事及祕密，雖然結尾是個大團圓，但是故事並不過於突兀。

角色的安排是本書中最成熟的部分。故事由學校進展到家庭，巧妙的安排了表哥和表妹的同學關係，老師和同學的性格，還有長很多歲在外地工作的姐姐、開理髮店的阿姨、精神異常的媽媽及阿公和爸爸，每一個人物都刻劃得很真實，心理描寫也頗為細膩，再和歷史人物穿插出現，雖是小品卻也頗有格局。

目錄

1. 老闆，一杯無糖豆漿

早餐店老闆說：「每個小朋友都喜歡喝甜蜜蜜的奶茶，你卻常要點無糖豆漿。真是個怪咖。」

「起床了，順順——」

「起床了，順順——」

我把枕頭捲起來摀住耳朵，但媽媽的聲音仍像魔音穿腦一樣傳來，我索性整個人滑進溫暖的被窩裡。

我又回到美好的夢鄉去，在那兒，我坐擁書城，讀著看不完的歷史故事，不會有任何人來打擾我。

夢裡，我跑到雒邑去找周天子問：「這大鼎有多重？」

周天子說：「你抬看看，只要抬得起來，就可測知重量。」

「真的？」我大喜，伸手用力一抱，大鼎稍稍離地，可是好重，好重。我只能讓它離地五公分。

「你必須把大鼎抬到頭上，才能知道它的真正重量。只要你測出它的重量，這天下就歸你所有了。」

這鼎，起碼比爸爸的廂型小貨車還重。爸爸的車重一公噸多，那麼，這鼎至少有二千公斤吧！

天呀！要我把一部廂型貨車舉到頭上，不是作夢嗎？可是——可是——周室衰弱，天下百姓民不聊生，如果讓諸侯瓜分天下，那麼，春秋五霸、戰國七雄……天下就會像肉攤上的豬肉，一塊一塊被切走，真是太可怕了。不行，我一定要穿越時空，改變歷史；我一定要犧牲小我，完成大我，解救天下蒼生。

這麼一想，我咬牙使出吃奶力氣，用力一舉，大鼎升到了我的胸前；我再加把勁兒，大鼎到了我的肩膀、鼻子、額頭……我用盡最後一點力氣，雙手用力往上挺直。

吔！大鼎被我扛到頭上了。

我成功改變歷史了，周朝之後就是我王有順的天下，再也不是亂七八糟的時代了。我太高興、太高興了！

就在我大聲歡呼時，全身的骨頭一起大聲抗議：「喀啦！」

沉甸甸的大鼎，像一座大山砸下來——

「碰！」

好疼呀！我的夢醒了。

我沒被大鼎壓垮，卻跌到床下，摔個狗吃屎。

「小順，你再不起來，我就不陪你去買故事書了。」

「小順，你再不起來，我就不陪你去買故事書了。」

是姐姐恐嚇我的聲音，我立刻掙扎下床。桌上的電子鐘明白寫著8：11，天呀！

姐姐送我的舊手機，還在播放著她的恐嚇，看樣子，六點半時媽媽的聲音沒叫醒我，現在輪到姐姐上陣了。

「死定了！」我匆忙把手機的鬧鐘關掉，背起書包往外衝。

哈哈！幸虧我有先見之明，昨晚穿著校服睡覺，要不然可就遲到太久了。

我邊跑邊想著剛才的夢，真是可怕。周公和周成王那對帝王叔姪真差勁，為什麼要在雒邑放個大鼎，為難後代呢？就是因為天底下沒有真正的大力士，才會搞得天下大亂，你不服我我不服你吧？

我跑到早餐店門口時，額頭早已流下兩道小河。

「老闆，一杯無糖豆漿，一個蛋餅，帶走。」

我說這句話的時候，喜歡帶著一種帝王的霸氣。

「無糖豆漿賣完了，奶茶好嗎？」

「奶茶哦？」我吞了一下口水，搖頭：「只要一個蛋餅就好。」

「每個小朋友都愛喝甜蜜蜜的奶茶，你卻只要點無糖豆漿。真是個怪咖。」

我接過蛋餅拔腿就往校門口跑去，但早餐店老闆的話卻跟著風灌進

我的耳朵裡。

我在電視看到一個新聞，一個年輕小姐每天喝兩杯珍珠奶茶，連續喝了幾年之後，眼睛就中風了。我才不會那麼笨哩！如果我天天喝奶茶，哪天要是眼睛中風，恐怕再也不能看歷史故事書，豈不是虧大了？

2. 遺傳到哪一家？

阿姨說：「你難道就不能跟別人合作一下嗎？我可是想了整個晚上，才想到這個好方法，讓那些愛漂亮的女生願意跟你同組表演，你竟然還嫌棄別人，真是怪咖一個。」

遠在樓梯口就聽到教室鬧哄哄一片，我像是來到春節前的菜市場。大肚魚老師已經站在講臺上為大家進行分組。

我這才想起，明天的國語課要演戲，今天要分組並完成角色分

配。

「你們晚上可以打電話，邀同學共同一組。事先找好組別，明天分組時可以節省一些時間。」大肚魚老師昨天放學前這樣交代。

教室裡，同學已經分成幾小群，看樣子，真的有人昨晚已經找好組別了。我趁著一片兵荒馬亂，潛入教室。

「我們明天下午要演《西遊記》的孫悟空三借芭蕉扇，每組七人，唐僧、豬八戒、孫悟空、沙悟淨、牛魔王、鐵扇公主和土地公。我們班二十九人分成四組，其中一組八個人，八個人這組可以發揮創意改編劇情，自己增加一個角色。」

大肚魚老師在黑板上寫下四個組別的各種角色。

「大家速戰速決。決定好組別和角色後就可以上講臺來填寫自己的座號。」

同學像是搶百貨公司的春節福袋一樣，一哄而上，大肚魚老師趕忙退下講臺，讓出空間給大家。

咦？今天的值日生很盡責，已經把報紙張貼在公告欄。趁著分組的時刻，我跑到前門去關心天下大事。

教室裡充滿興奮與緊張的氣氛。

「填完的人，就回座位。」大肚魚老師一喊再喊，教室裡的哄鬧聲才漸漸變小。

我身後還有一群吱吱喳喳的麻雀在吵鬧不休。其中最呱噪的那一隻，叫張有春。

「王有順！」大肚魚老師突然大吼。

「你怎麼跑去看報紙？找到組了沒有？」

「我——我——」我想起自己昨晚的決定，卻不知要從何說起。

大肚魚老師瞅了瞅黑板。

黑板上，每組都填了七個號碼，第八個號碼的欄位卻都是空著。

大肚魚老師皺著眉往張有春那群人走去。「你們這組再加一人好嗎？」

「這——這——」那群女生們支支吾吾。

「好啦！我都求你們那麼久了，你們就幫幫忙嘛，只要讓我表哥加入我們這組，我招待你們去我家髮廊作造型一次。」張有春說。

「啊！我的頭髮要留長，不給剪。」班長黃馨儀雙手抱住頭，好像張有春是個吃髮怪獸似的。

其他人卻像是撿到了從天上掉下來的禮物，風紀股長錢思好說：「你會送我們一人一張剪髮造型券。」

「給。」張有春有備而來，給每個人一張。但班長黃馨儀搖頭拒收。

「你要怎樣才肯讓我表哥加入我們這一組？」

「我想吃思樂冰。」黃馨儀說。

「這——好啦！好啦！」

「你說的唷，不可反悔。」

大肚魚老師聽不下去了。「同學要互相幫助，你們怎麼可以用條件交換？」

「噢！」那些女生們不好意思，一個個低下頭。

「不是啦！老師你別誤會，我媽說送剪髮造型券其實也算是一種促銷活動，只要她們去過一次，就知道我媽的手藝很好，搞不好以後會給我媽賺一輩子哩！」

「請你替老師跟你媽道個謝。她替我解決了分組問題。」大肚魚老師望著黃馨儀和錢思妤她們，「那麼你們這組就八個人了。可以發揮創意，演點跟別組不一樣的。」

女生們不敢吭聲，小心翼翼的點頭。

我看，那個被強迫加入班長那組的可憐蟲這麼不受歡迎，即使有

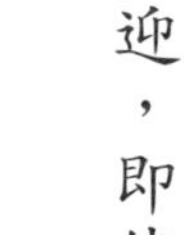

值日生
籤
點名簿

了組，恐怕也不好過吧！搞不好——

搞不好會被迫演牛魔王的「小三」，和鐵扇公主爭風吃醋大打出手，就像媽媽以前看的八點檔連續劇，你抓我的頭髮，我扯你的衣服，那樣的劇情可就難演囉。媽媽每次看完八點檔都很激動，我想，女生一定都很喜歡這種劇情。

「王有順！」大肚魚老師突然轉向我，「你就加入班長這組，明天下午和她們一起演出。」

「啊？」

我大驚，突然想起，張有春不是我的表妹嗎？那她口中說的「表哥」，不就是我？

「不要！我不要跟她們一組。」我脫口大叫。

「王有順，你搞清楚，不跟我們一組，你要跟誰一組？」張有春雙手叉腰瞪著我，「如果不是我媽交代，我才懶得管你的閒事咧。」

放學回到阿姨店裡，阿姨早已得到風聲，一看到我就破口大罵：「你難道就不能跟別人合作一下嗎？我可是想了整個晚上，才想到這個好方法，讓那些愛漂亮的女生願意跟你同組表演，你竟然還嫌棄別人，真是怪咖一個。」

「我只是想嘗試一個人演七個角色嘛！又不是不願意跟別人合作。」我鼓起勇氣說。

「你一個人怎麼演？就是唐僧取經也要帶三個徒弟作伴才會成功。」阿姨兩眼瞪得老大，「真不知道你的怪是遺傳到哪一家？我們朱家，還是你爸王家？」

3. 最難忘的畫面

姐姐說：「你們老師很煩吔！幹嘛叫你參加徵文比賽？我忙著工作賺錢，哪有時間教你這怪咖寫作文呀？」

謝天謝地，那些女生沒有叫我男扮女裝，飾演牛魔王的「小三」，但是，我的處境也沒有太好，雖然不是挨巴掌的「小三」，卻演唐三藏屁股下面的那匹白馬。演白馬的最大好處是不必背任何臺詞，卻得從頭到尾趴跪在地上，讓巨無霸楊幸嘉騎在屁股下，楊幸嘉

是全班最高最壯最凶悍的女生，騎馬不知馬辛苦，把全身重量壓在我背上，差點沒把我給累垮。

我怒了，趁著孫悟空搧風滅火時，昂頭嘶鳴，把唐僧給震落馬下，壓到了豬八戒，豬八戒撞到沙悟淨，沙悟淨也跌得東倒西歪，全場哈哈大笑。我瞥見大肚魚老師也笑得捧著肚子。

各組表演結束，我們得到「創意『笑果』獎」。

第二天，大肚魚老師開完會回教室，劈頭便說：「輔導處舉辦徵文比賽，有沒有人想要參加？」

大家一聽到要寫作文，全都低下頭。

「班長，你作文能力一向好，代表我們班參加好嗎？」

「老師，我每天晚上都要去補習，恐怕沒有時間準備。」黃馨儀頭也不敢抬。

大肚魚老師只好把希望寄託在他的心腹身上。「風紀股長，你的字工整漂亮，參加作文比賽可以佔不少優勢喔。」

「老師，我媽說她很忙沒空教我，叫我不要『包工程』回家累死她。」

沒想到，錢思妤竟然吃了熊心豹子膽。

「這樣喔！」大肚魚老師難掩失望，但他很快找到了救星：「那李正豪去好了，你是本班的狀元，相信你一定會得獎。」

「老師，如果沒有得獎，不就糗大了？不行，我不做沒把握的事。」

自信大王李正豪也怕丟人？我一抬頭，剛好和大肚魚老師的目光相遇。

「王有順，就是你，你代表本班參加輔導處的徵文比賽。」

「為什麼是我？」我錯愕極了。

「沒有為什麼，就憑你昨天的精彩演出，我相信你一定可勝任愉快。」

被大肚魚老師這麼一說，我飄飄欲仙了。「那我要什麼時候交呢？」

「今天回家就寫，星期四交稿。」

「啊？」我彷彿從天堂掉進了地獄。

「題目是：我最難忘的畫面。」

「什麼？」

「我最難忘的畫面。」

我確定自己沒有聽錯題目，不過我不懂題目的意思。

「好！徵文就決定由王有順代表本班參加。下課。」

大肚魚老師下課跟上課一樣忙，我根本沒有靠近他的機會，只好回家再打電話跟姐姐求救了。

姐姐在電子公司上班，我打電話過去時，她正在加班。

「你們老師很煩吔！幹嘛叫你參加徵文比賽？我忙著工作賺錢，哪有時間教你這怪咖寫作文呀？」

「星期四一早就要交了，如果我寫不完，老師一定會生氣的。」

「你就想想看，哪件事情讓你印象最深刻？把它寫下來就可以了。」

「印象最深刻的事？」我馬上知道自己該寫什麼了，「那我寫今年四月十三日星期五那天早上的事。」

「不准！你不可以寫那件事，如果讓同學知道，你就完了。」姐姐在話筒那頭大叫。

「那——我寫劉邦、項羽的鴻門宴畫面可以嗎？」

「你是腦袋有問題嗎？」姐姐不耐煩的吼，「你要寫親身經歷過的事，感受才會深刻，寫出來的作文才會打動人心。」

「可是，我真的對鴻門宴的畫面印象深刻。當范增暗示項莊舞劍，要趁機刺殺劉邦時，我緊張得心臟都快要跳出來了。」

「那是歷史故事，又不是你親身的經歷，不算！」姐姐匆忙說，「哎呀！算了，隨便啦！只要寫得出來有得交差就好了。」

姐姐掛了電話，啥也沒教我，只是一個勁兒說這個不行，那個不行，那我到底要寫什麼「最難忘的畫面」，才能打動評審老師的心？

4. 彌勒佛老師與六六有順

彌勒佛老師有點兒詫異：「一般小朋友不是喜歡看童話，就是看小說，再不然就是一些冒險故事。你很特別。」

「王有順，輔導處顏格芬老師請你去找她。」張有春一進教室就對著我吼。

「嚴格老師？找我幹嘛？」

「我哪知？我去辦公室的班級信箱拿今天的報紙，就被逮到替你

這個怪咖傳話。」

「你不會順便幫我問問看喔，全不顧手足之情。」

「你最有手足情了，為了讓你跟我們同一組演戲，害我『了』了自己的零用錢請客，你還怨我讓你當馬，真是好心沒好報。」愛翻舊帳的張有春眼皮一翻，就去找她的死黨錢思妤她們。

哼！不理我就算了。

嚴格的老師找我？鐵定沒好事。我手裡的《三國演義》正在緊要關頭，諸葛亮已經叫手下打開城門掃地，自己端了把琴上城樓，開始彈奏。帶著大軍前來的司馬懿和司馬昭兩父子，會不會識破諸葛亮的「空城計」呢？真想趕快知道結局。可是——

嚴格的老師恐怕不是那麼好惹，好漢不吃眼前虧，我還是帶著故事書去找他好了，也許我去的時候他正好講電話，或是去上廁所，要我等他一下，等待的時間，我還是可以瞄兩眼一觸即發的大戰。

運氣真不好，當我走到輔導處時，整個辦公室只有一個胖嘟嘟，滿頭卷髮，戴著一副無框眼鏡的女老師望著桌上的一疊稿件發呆。

「報告！」我大喊。

「請進！小朋友，你找誰？」胖老師轉頭望過來。

「有一個嚴格的老師找我。」

「嚴格的老師？」胖老師訝異的看著我。

「我們這裡的老師都很友善，沒有嚴格的老師唷！」胖老師笑著，「你是哪班的？叫什麼名字？」

「我是六年六班的王有順。」

「哦？六六有順喔！你的名字取得真好。」胖老師笑瞇瞇看著我，「是我找你來。」

「你就是那位很嚴格的老師？」我不敢相信。

「嚴格？不會吧？我最和氣了，小朋友都叫我彌勒佛老師哩！」

「可是我同學張有春說輔導處有一位嚴格的老師找我。」我突然想到，張有春怪我害她「了」了零用錢，「啊！我知道，一定是我同學故意騙我的。」

「她為什麼要騙你呢？」彌勒佛老師好奇的問，「我覺得你是一個滿誠懇的孩子，她不喜歡你嗎？還是你曾經對不起她？」

「就——就——」我也不知道要從何說起我和張有春的事。

「你不想講沒有關係，等以後你想說再告訴我好了。」彌勒佛老師臉上堆滿了笑容，「不過，我可要為自己澄清一下，我叫顏格芬，顏色的顏，格子的格，芬芳的芬。可不是很嚴格的『嚴』喔！」

「顏色的顏？」我啟動大腦的資料庫尋找檔案。

「這個姓很少見呢！」彌勒佛老師帶著一絲驕傲。

啊！找到了。我脫口而出：「孔子有一個得意門生叫『顏回』，唐朝有一個書法家『顏真卿』，還有《三國演義》中關羽斬了袁紹的大將顏良，他們都姓顏。」

彌勒佛老師張大了嘴，喉嚨像是卡了一個雞蛋。「你知道他們？真厲害。」

「還好啦！故事書上看到的。」我的臉有點兒燙了。

「你喜歡看書？」彌勒佛老師望了我手上的書一眼。「你最喜歡看哪一類的書呢？」

「歷史故事。」

「哦？」彌勒佛老師有點兒詫異，「一般小朋友不是喜歡看童話，就是看小說，再不然就是一些冒險故事。你很特別。」

「嘻！同學都說我是『怪咖』。」我有點兒不好意思，趕忙扯開話題，「老師找我有什麼事？」

「事情是這樣的，謝謝你參加輔導處辦理的徵文比賽，老師讀過你的作文，覺得你的文筆流暢，學游泳的畫面，是真的發生在你身上

嗎?還是你的想像?這篇作文爸爸媽媽有沒有教你?」

「我自己寫的。那些事發生在我國小二年級的那年暑假。」

「你二年級暑假就去學游泳了?那你現在一定比《水滸傳》裡的浪裡白條還厲害。」彌勒佛老師咋舌的樣子好可愛。

「才不咧。」我偏過頭去看著地板,不想再談這個話題。

「這樣噢?」彌勒佛老師有點兒尷尬。

午休的鐘聲剛好響起。

「今天很開心認識『六六有順』，你以後如果有事需要幫忙，歡迎來找我。」

「我不會有事的。」

「哦？」彌勒佛老師睜大眼睛。

「我每天都去圖書室借故事書，看書都來不及了，哪有時間『有事』？」

彌勒佛老師哈哈大笑。「沒關係，以後你『沒事』也可以來找我聊天。」

「我可能不會來找你。」我斬釘截鐵。

彌勒佛老師又瞪大眼了。「為什麼？」

「一天才幾節下課？每次只有十分鐘，我借書還書都來不及了，哪有空繞到輔導處來？走路也是要花時間的。」我鄭重其事的說。

「哈哈！」彌勒佛老師笑到下巴的肉都疊成三層了，「好吧！你趕快回教室去午睡。你不來找我，我去找你總可以吧？」

「可以是可以，不過我可沒有太多時間跟你聊天呵！」我擔心的說。

「我知道！『六六有順』要抓緊時間看故事書，不能被打擾太久。快回教室去吧！」

我放心的笑了。「彌勒佛老師再見！」

「啊？」彌勒佛老師愣了一下，開心笑了。

在回教室的路上，我突然覺得好快樂，腳底像是裝了彈簧似的，不由得蹦跳起來。現在我終於了解為什麼唐玄宗那個色皇帝會那麼喜歡胖嘟嘟的楊貴妃了，楊貴妃一定和輔導處的彌勒佛老師一樣和藹可親，而且懂得體貼別人。

回家以後，我一定要打電話給姐姐，跟她說，我今天認識了一個很棒的老師，她不叫我「怪咖」，她稱我為「六六有順」。

5. 這輩子最倒楣的事

阿公回答：「見笑喔！我是船員，行船一世人，我的孫子竟然不會泅水，真正是怪咖。」

放學回家時，不想跟張有春走在一起，我特地從學校的後門出去，繞道黃昏市場旁邊的小路回家。

四點了，市場的人和車子都很多，幸好有人行紅磚道可走，要不然我一定吸了滿肚子的廢氣。可是，紅磚道也是不好走的，有人把機車隨意停在上頭，也有人在那兒下棋賭博，更有一群好事的歐吉桑站在旁邊觀戰。

眼前出現一個熟悉的身影，我趕緊跑過去。

「阿公！我肚子餓了。」我扯著正在下棋的阿公。

「阿順，你放學了喔？」阿公的眼睛仍然盯著棋盤，手上翻著棋子。

「阿公，我肚子餓了。」

阿公從口袋摸出一個大銅板給我。「自己去買吃的，阿公正在賺零用錢，沒閒陪你轉去。」

「噢！」

難得阿公這麼慷慨，我接過錢轉身就往路口的餡餅攤走去。

「王仔，這囝仔就是你那個一下水就哭的金孫喔？」一個老人的聲音從我身後傳來。

阿公回答：「見笑喔！我是船員，行船一世人，我的孫子竟然不會泅水，真正是怪咖。」

我覺得背後一陣滾燙，像是被熱滾滾的油澆在背上一樣，又好像那群下棋老人每人都對我的背後放了一箭，我難受得真想立刻鑽進地洞。

算了，今天不吃牛肉餡餅，還是把錢省下來，等姐姐回家時，請她陪我去市區多買幾本故事書好了。

回到家，果然空蕩蕩一片，迎接我的，只有趴在門口的「勇氣」。

勇氣是一隻土黃色的臺灣土狗，也是全天下最勇敢的狗，雖然附近鄰家的狗大都喜歡成群遊蕩，衝上衝下，但我們家的勇氣與眾不同，牠總是獨來獨往，悠閒的過自己的生活。

既然狗都可以決定自己要不要跟同伴做相同的事，為什麼小孩卻一定要學游泳？為什麼每個學生都必需成為數學達人？

我想起數學習作上滿滿的紅色「×」，就覺得全身無力。有一次，大肚魚老師要張有春教我訂正數學習作，她看到我整本的「×」，眼花了，竟異想天開對我說：「王有順，如果累積十個『×』，就可以免費搭公車一段票，我想你大概可以不花半毛錢就繞地球一圈了。」

我本來要回嗆她：「如果取笑別人會下地獄，那你一定是下到第十九層地獄。」可是又怕她一生氣就不教我數學，那我的下課時間，光是訂正數學習作就不夠了，哪有時間看故事書？我只好忍氣吞聲。

如果說，數學習作是最令人討厭的東西，那麼，游泳池則是一個最令人討厭的地方。

上學期末大肚魚老師發成績單時說：「本校六年級的游泳認證平

均級數是一點二級，我們班的平均一點八級，是全學年的第二名。」

「這叫做名師出高徒。」大肚魚老師挺著一個鮪魚肚陶醉在美好的往事中，「想當年我大學時，還是游泳校隊呢！」

「老師，你現在還游得動嗎？」巨無霸女王楊幸嘉望著老師的肚子。

「呃——」

「廢話，你去夜市場沒撈過金魚嗎？」大肚魚老師的心腹大臣錢思好急忙發言，「牠們的肚子比我們老師還大，還不是游來游去？」

大肚魚老師尷尬的笑著改變話題：「如果不是因為三朵『壁花』，拉低了平均，我們班應該是六年級的第一名。希望大家利用長假多多練習。」

「王有順，」大肚魚老師忽然目光炯炯望著我，「你是男生中唯一的『壁花』，要努力練習游泳，下學期務必『破蛋』，至少要能夠

蹬牆漂浮三公尺，達到『一級』的程度。知道嗎？」

「哈哈哈！」全班都笑了。

「老師，你說錯了，王有順不叫『壁花』，他應該是『壁樹』吧！」轉學生朱威傑得意的大叫。

「哈哈哈！」

全班笑得東倒西歪，自信大王李正豪笑得最誇張，甚至跌到地上，嘴裡仍喊著：「聽說『鐵樹開花』要幾十年，如果想叫『壁樹破蛋』，可能要等下輩子嘍！」

教室又陷入一陣狂笑聲中。

可是我覺得這一點都不好笑。

剛才，大肚魚老師對朱威傑說：「你要努力算數學，不要再考零分了。」我可沒笑他呢！

李正豪的籃下三十秒，投中率是零鴨蛋，我也沒有取笑他。

人為什麼一定要比來比去？為什麼非得要跟別人一樣呢？

但媽媽以前就不這麼想。

升三年級的暑假，張有春吵著要去學游泳，媽媽就要我跟她一起去學。張有春是個天生的資優寶寶，從小就高我一個頭，即使是現在，我站在她旁邊講話，還是得抬頭仰望才能對上她的目光。和資優寶寶一起學游泳，是我這輩子最倒楣的一件事……

6. 當一隻狗也滿好的

姐姐說：「王有順，我拜託你好嗎？不要那麼健忘，才哭哭啼啼從游泳池上岸，怎麼剛洗過澡，還沒踏出健身館大門，你就有說有笑的？就是春天的天氣也轉變得沒有你快，真是怪咖。」

我還記得升三年級的暑假，上游泳課的第一天，年輕的教練，穿著一條紅色泳褲，把泳鏡塞在褲子側面，走起路來甩呀甩的，非常帥氣，我立刻學著做，走起路來也甩呀甩的。

「游泳是一件簡單又有趣的事，只要聽教練的話，很快就能學會。」

教練簡短說明後，就像丟水餃一樣，把我們一個一個丟進池裡。

我是游泳保證班中個子最小的學員，矮人一截的我，一下水整個人就沉到水裡，胸悶，不能呼吸，嚇得哇哇大哭，一哭，就喝了一肚子的水。

「弟弟，你別怕，先在岸邊玩水，等會兒我再來教你。」教練把我撈起來，晾在岸邊。

張有春站在池裡果然高人一等，不必墊腳就可以呼吸到空氣。她很快就學會悶氣，第一堂課下課前就會水母漂了。

「姐姐很聰明，進度超前。弟弟較矮，膽子小，可能要多花點時間才能克服怕水的障礙。」下課前，教練對媽媽說明我們的學習狀況。

「教練，你搞錯了，有順是表哥，有春才是表妹。」媽媽的臉色不大好看。

練了幾天，同學都能放手離岸，漂到游泳池對岸去了。而我，一直都掛在壁上，死也不肯放手。

我一天天留級，媽媽在岸邊的臉色也一天天不好看，無論教練如何威脅利誘，我都不敢放手。有一天，媽媽在岸上氣急了，走到岸邊要我放手。

「不要，我會淹死。」我固執的搖頭。

「叫你放你就放。」

我依然不放。媽媽突然伸出右手往我的的手背捏去。好痛呀！

「放手！」

「不要！」

「我叫你放手。」

「不要！」

手背的肉很少，痛得更明顯。但我就是不敢放手。媽媽愈捏愈用力，一次，兩次，三次……直到我哇哇大哭還是不肯放手，整座游泳池的人都看著我們。

幾個陪著上課的媽媽們走了過來。

「孩子的學習有快有慢，別逼壞孩子。」

「他個子小，自然是怕水的。慢慢來。」

「吃緊弄破碗，別嚇壞囝仔了！」

「孩子不是這樣教的，這個媽媽，你的手段太激烈了。」

媽媽們你一言我一語的勸告，聽在媽媽耳裡分外刺耳。

「如果跟不上的是你們的孩子，你們還會這麼輕鬆嗎？」媽媽大吼完，「哼！」一聲，轉身走了。

從此媽媽不再陪我上泳課，改由姐姐帶我們去上課。姐姐總是帶一本小說在岸邊看，根本不管我是壁花還是壁草。

那天，大家都用蛙式憋氣前進，資優寶寶張有春甚至學會換氣了。教練回頭看到我仍在岸邊抓著壁，突然向我快游過來，伸手一抓，像抓小白兔一樣，把我抓到池中央，用力往水裡扔去。

「救命啊！」我大聲嘶喊的同時，機警的用力抓住教練，「求求你，不要把我丟到水裡，我會淹死。」

是我沒抓牢嗎？怎麼身體繼續往下沉。

「救命啊！你不要脫我的褲子。」教練一手拉起我，一手拉起他的紅色泳褲。

原來，我情急扯下教練的泳褲。

泳池一下子變得安安靜靜，大家望著哭得滿臉鼻涕眼淚的我，及驚慌失措的教練。

那天下課時，教練把保證班的錢全部退給姐姐：「強摘的瓜不甜，你弟弟的錢我賺不起。」

離開泳池時，我開心的蹦蹦跳跳，有一肚子的話想跟姐姐說。可是姐姐卻說：「王有順，我拜託你好嗎？不要那麼健忘，才哭哭啼啼從游泳池上岸，怎麼剛洗過澡，還沒踏出健身館大門，你就有說有笑的？就是春天的天氣也轉變得沒你快，真是怪咖。」

拿回保證金後，媽媽對我學會游泳這件事徹底死了心，我再也沒有去過游泳池。直到五年級上游泳課，我才知道張有春早已學會蛙式、自由式、蝶式……

游泳的噩夢又再度臨頭。

雖然我已經長高一點點，但大肚魚老師要我「破蛋」，對怕水的我來說，仍是不可能的任務。我不知如何面對，總想忘記這件事。沒想到，今天被阿公的「戰友」們一取笑，痛苦的往事又跑出來了。

或許，正因為學游泳的經驗太深刻，我寫的〈最難忘的畫面〉這

KICK BOARD

篇作文，才能得到彌勒佛老師的青睞，獲得特優大獎吧！

「汪！汪！汪！」勇氣朝著我的午餐袋汪汪叫，我這才想起帶回來的骨頭。

我把骨頭倒在食盆中，勇氣的尾巴一直搖個不停，吃得津津有味。

看著勇氣，我突然覺得，當一隻狗其實也滿好的，既不會被逼迫算數學，也不會被要求游泳「破蛋」，還可以理直氣壯的跟主人提出要求……，哪像我，以前不敢跟媽媽說不要學游泳，現在，又不敢跟爸爸提起想要去醫院的事。

我只能在一本又一本的歷史故事書中尋找英雄，把所有的夢想寄託在主角的身上。唯有故事，才能讓我忘了誰才應該是自己生命中的英雄。

其實，我最難忘的畫面，以前是在游泳池被媽媽捏手背，及脫教練泳褲的往事；但從今年的四月十三日星期五以後，我最難忘的，是媽媽的背影……

7. 誰藏了我的鞋？

老師說：「為什麼我請假回家，你就出事？為什麼大家不藏別人的鞋，偏要藏你的鞋？拜託你跟別人一樣，別當怪咖好嗎？」

「獲利低的投資，風險低，像定存；獲利高的投資，風險也相對大，像股票。所以，投資的管道雖然多，但是要小心謹慎，不要超過自己能承擔的能力。」小羊老師為這堂的社會課作了最後的結論。

「噹噹噹噹——」

放學鐘聲像是聽到小羊老師的話似的，準時響起。

大家揹起書包，到走廊排回家路隊。

我捧著輔導處頒給我的徵文獎狀走出教室，鞋櫃「15」號的那個格子卻只有一隻鞋子。

會不會是我放錯位置？可是，一眼望去，鞋櫃除了三雙粉紅色的布鞋，就再也沒有別的鞋了。那三雙鞋，應該是還在整理教室的錢思婷、楊幸嘉、黃馨儀三個女生的。

我只好回到教室，向還在忙著收拾教具的小羊老師求助，小羊老師馬上衝到走廊問同學們：「王有順的鞋子少了一隻，有沒有人看到一隻咖啡色的運動鞋？」

大家都急著回家，沒有人回答。

「目標家裡。起步走！」擴音器傳出總導護老師的放學口令，才一溜煙時間，鬧哄哄的人群走得精光，教室裡的三個女生也迅速離開。只剩下穿著一隻鞋的我和小羊老師。

小羊老師是一個身材嬌小，講話輕聲細語，脾氣溫和得像綿羊的大姐姐。她耐心的陪著我找鞋子，鞋櫃、講臺、置物櫃、垃圾筒、回收筒、每個同學的抽屜……甚至廁所的每個房間都找遍了，卻沒有發現我那隻咖啡色運動鞋。

「奇怪，剛才上課並沒有看到璐璐到四樓來呀！鞋子怎會不見呢？」璐璐是經常在我們學校出沒的黑色野狗。

小羊老師又問：「你最後一次穿鞋子是何時？」

「下午第一節，我從音樂教室下課，上完廁所回到教室後，就沒有再走出教室了。」我回答時，心裡有一股不祥的感覺。

「會不會是有人惡作劇呢？」小羊老師說出我擔心的事，「你最近有沒有跟同學發生不愉快的事？」

「沒有！」我下課除了看書，很少跟同學打交道，怎麼可能跟同學起衝突，危及我的鞋子呢？然而，我的鞋不見了卻是事實。

「算了，老師載你回家吧！」

「好！」我乾脆把右腳的鞋給脫下來，放進餐具袋裡。打赤腳跟著小羊老師走下樓。

「咦？六六有順，你怎麼打赤腳？」下到三樓，剛開完會的彌勒佛老師從校長室走出來，瞧著我的腳，眼睛瞇成一條線。

「報告老師，我的鞋不見了。」

「哦？」彌勒佛老師認真的看著我的眼睛，問：「到處都找過了嗎？」

我點頭。

「你們老師人呢？怎麼是楊老師陪你下樓？」

「我們最後一節是楊老師的社會課，我們老師請假回家帶小貝比去看醫生。」

只見彌勒佛老師兩道眉毛糾結成一團，過了一會兒，才緩緩的開口：「你的運動鞋是打勾勾的嗎？」

我搖頭。

「那麼，是哪種名牌的？」

「是我阿姨在夜市買的。一雙一百元。」

彌勒佛老師的眉頭皺得更緊了。

「顏老師，我想應該是惡作劇，而不是穿錯，如果穿錯的話，應該兩隻鞋都穿走，而不是留下一隻。」

「如果是惡作劇就難處理了。」彌勒佛老師轉頭問我，「最近有和同學發生不愉快的事嗎？譬如說，跟同學吵

架或打架。」

我搖頭。我才不是笨蛋，要浪費時間跟同學做無聊的事哩。

「那麼，楊老師，麻煩你先載他回家，順便跟家長說一聲，輔導處一定會處理這件事。」

我們走到玄關，往前庭的停車場走去，遠遠看到警衛叔叔拎著一隻運動鞋，站在校門口。

「啊！我的鞋。」我驚喜的奔往警衛叔叔，接過鞋，又趕快把餐具袋裡的另一隻鞋子拿出來，一起穿上。

「小朋友，你是不是得罪了同學？鞋子才會被丟到垃圾桶去。幸好我要倒樹葉時發現，我想，掉鞋的小朋友一定還沒回家，果然被我猜中了。」

一顆石頭打痛我的心。

為什麼別人做了不對的事，卻要先懷疑我是不是得罪同學？

「能夠找到鞋真是太好了。」小羊老師鬆了一口氣，「還需要老師載你回家嗎？」

「我自己走就可以了。」

晚上八點多，家裡電話響了。阿公聽了一會兒之後，叫我去聽。

「喂！王有順，」是大肚魚老師的聲音。「為什麼我請假回家，你就出事？為什麼大家不藏別人的鞋，偏要藏你的鞋？拜託你跟別人一樣，不要當怪咖好嗎？」

我的心像被刀劃過一筆。

為什麼別人對我做了不對的事，我卻先被罵？

誰？到底是誰藏了我的鞋子？

「嘟——」電話又響了。

我拿起話筒。

「王有順，剛才老師說話太急。其實——」大肚魚老師停頓了一會兒，「我也要反省一下自己的教學。你阿公在旁邊嗎？」

阿公聽完電話，告訴我：「你老師講，他一定會找出凶手，予你一個交代，叫你老爸勿生氣。我感覺你老師說話怪怪的，怪老師教出怪學生，莫怪大家會說你是『怪咖』。」

8. 這個世界到底是怎麼回事？

「你有時應該反省一下，為什麼全班都要作弄你？因為你常常跟別人不一樣，所以說，跟別人不一樣是不好的。」班長黃馨儀不滿的說，「你這怪咖，不但害大家不能下課，還害我接連兩個星期失去自由。」

大肚魚老師雖然被阿公說很怪，不過他的辦案能力卻很強。

他私下找風紀股長錢思妤談話，錢思妤又和她的死黨交換一下情報，大肚魚老師很快就查出凶手，宣布破案了。

「朱威傑，你藏同學鞋子，差點害王有順不能順利回家。罰你一週不能下課。」

原來朱威傑就是藏鞋子的凶手。

「老師，是陳能軒說王有順太囂張，應該給他一點教訓，我才藏他的鞋子。」

「陳能軒，王有順哪裡囂張了？」

陳能軒站起來不答話。

「還是他哪裡得罪你了？」

「沒有，他沒有得罪我。只是他的舉動讓人看了不舒服。」

「怎樣不舒服？」大肚魚老師緊追不捨。

陳能軒不答腔，朱威傑搶著說：「昨天早上升旗時王有順上臺領獎，在臺上和校長合照時比那個『吔』的手勢，讓人看了超不爽的。」

「王有順不過是比個手勢，哪來的囂張？」大肚魚老師生氣了，「你犯錯不知悔改，還找理由，罰你這一週不能下課，外加拖地。」

「噢！」朱威傑像是洩了氣的皮球，說不出話來了。

大肚魚老師繼續宣判。

「陳能軒，你不應該煽風點火，鼓動同學去惡作劇。罰你一週不能下課。」

「老師，你判太重了。我又沒有害王有順。」

「教唆犯罪是罪魁禍首，罪魁禍首難道不能判重刑嗎？」

「不公平……」陳能軒怕自己被加判重刑，只好小聲碎碎唸，不敢再公然抗議。

大肚魚老師繼續宣判。

「楊幸嘉、李正豪、吳得義，你們知情不報，助紂為虐，判你們五天不能下課。」

「老師，五天不就是一週嗎？不公平，除了風紀股長和張有春，全班都知道藏鞋子的事，為什麼他們就不必罰？」李正豪抗議。

大肚魚老師臉色大變。

「你們——連班長都知道？」大肚魚老師指著全班，「你們都知道朱威傑藏王有順的鞋子？卻沒有人跟社會老師報告？」

全班都低下頭，教室一片靜默。班長黃馨儀的頭垂得特別低。

我好像跌到了冰窖裡。

「為什麼張有春和風紀股長不知道這件事？」

「張有春是王有順的表妹，我們不想讓她為難。」楊幸嘉說。

「那麼風紀股長為什麼也不知——」

「被『抓扒仔』知道，我們還能成功嗎？」朱威傑脫口而出。

大肚魚老師氣得滿臉漲紅。

整潔優

「好！全班都一個星期不能下課。班長犯法，不但要與民同罪，還要罪加一等，兩個星期不能下課。」

「誰來監督我們？」陳能軒問。

我緊張得吸不進一口氣。

教室裡的空氣成了急速冷凍庫。

「當然是風紀股長。」

「吔！」全班似乎如釋重負。

我也鬆了一口氣。

下課時，整個教室都是滿的。一個執法者錢思妤，一個自由人張有春，一個受害者我，剩下的全都是加害者。

自由人張有春待不住教室，才一會兒時間，就到別班教室去進行她的「邦交活動」。我還是一如往常，坐在座位繼續看我的歷史故事。

楊幸嘉酸溜溜的對我說：「你這怪咖，請你下課出去走走好嗎？

成天待在教室裡自動不下課，會讓我這個受罰者心情更不好。」

「你有時應該反省一下，為什麼全班都要作弄你？因為你常常跟別人不一樣，所以說，跟別人不一樣是不好的。」班長黃馨儀也不滿的說，「你這怪咖，不但害大家不能下課，還害我接連兩個星期失去自由。」

「我——」

我想解釋，不是我害大家不能下課。一轉頭，看到陳能軒似笑非笑的望著我，我什麼話都說不出來了。

真奇怪，是陳能軒叫朱威傑藏我的鞋子，結果，同學不罵他們，卻指責我；平時大家出去玩，我留在教室看書，沒有人會管我閒事，今天，大家都被迫留在教室，我跟平常一樣留在教室，卻被別人叫成了怪咖。這個世界到底是怎麼回事？

9. 阿姨幫出頭

陳能軒說：「為什麼我老找你麻煩？因為你自大、好表現、目中無人，你眼裡既然沒有我的存在，我當然也不必在乎你這個怪咖。」

「我媽叫你放學到店裡去。」張有春在排路隊時提醒我。

「幹嘛？」

我還沒問完，張有春早已一溜煙混到隔壁班的路隊裡去了，我也

搞不清楚她是壓根兒沒聽到我的問話，還是懶得回答我。

去到阿姨店裡，阿姨正幫客人吹著頭髮。她一看到我進門，就把掛在壁上的塑膠牌「休息中」拿下來，掛到門口，順便把玻璃推門上了鎖。鐵捲門降下一半。

「阿姨，你不做生意啦？」

「休息一下，待會兒再做。你坐下來，冰箱裡有愛玉，自己拿來吃。順便多拿幾個碗和湯匙，等會兒有客人來。」

「什麼客人？」我隨口問。

阿姨沒理我，她拿著大鏡子，站在顧客後面。

「看看後面，這樣還滿意嗎？」

顧客瞧著鏡子，輕輕的點了點頭。

阿姨笑了。幫客人解了身上的白護袍。

「過來吃碗愛玉解渴吧！」

客人起身走到我旁邊，大大方方的盛起愛玉吃了起來。這個客人看起來有點兒面熟，可是我卻想不起來在哪兒見過面。

「有順，聽說你的功課不錯哦？」客人問。

「噢。」我不知道該如何回答，總不能在剛認識的人面前就說自己的數學很爛，除了數學之外都不錯吧？

「叩！叩！叩！」玻璃門外響起敲門聲。

是陳能軒！他來做什麼？

阿姨開了門。

「你太慢了，人家王有順早就回來，還喝了一碗愛玉。你現在才來。」客人跟陳能軒認識？

「你忘了我跟你說過，我要先去買原子筆才過來的。」

「買一枝筆要那麼久？」

「就挑了一下子嘛！哪有多久？」

「找藉口，你不想來對不對？」

「拜託！媽！如果是你，你會願意跟你討厭的人在一起嗎？」

原來，她是陳能軒的媽媽。那麼，她來阿姨家不只是要洗頭，她還要陳能軒來阿姨家做什麼？

「討厭的人？」陳媽媽音調提高了，「你對人家做了那樣的事，你還敢說別人是討厭的人？我看你才是令人討厭的人。快道歉！」

「我又沒有做什麼事，為什麼要道歉？藏他鞋子的人是朱威傑。」

「如果不是你在一旁說些有的沒的，人家朱威傑會動手藏人家的鞋子？」陳媽媽不耐煩的推陳能軒的肩膀。「叫你道歉你就道歉，不要囉嗦。」

「阿珠，有話好好說，何必動手？」阿姨制止陳媽媽，「小孩子做錯事很正常，我們做大人的要教他。」

「我這不就是在教他嗎？」陳媽媽的口氣愈來愈不好，「我總不能讓人家說我的孩子沒家教吧？」

「不會不會！」阿姨急著搖手否認，「我們有春回家經常說你們家能軒樣樣傑出，國語、數學、社會、自然、體育、畫畫、美勞……經常都拿一大堆的獎狀回家。」

「我最拿手的是說故事比賽。從一年級到五年級，我年年得冠軍。」陳能軒得意的說。

「小孩子，謙虛一點。」陳媽媽嘴角帶笑，忍不住接著說，「那沒什麼啦！他的人緣好才是厲害。班上十個人裡有九個人都是他的好朋友，每天晚上家裡電話響個不停，幾乎都是找他的，問作業、討論功課、約打球……真不曉得他哪來的吸引力。」陳媽媽瞟了我一眼，用高八度的聲音問，「倒是你有順，好像從來不曾打過電話到我們家呵？」

我想都沒想就搖頭，因為我從來不曾打電話給同學。

「這就難怪了。」

「難怪什麼？」阿姨問。

「難怪我們家能軒隨便開個玩笑，同學就真的藏有順的鞋子了。真對不起啊！有順，我們家能軒其實沒有什麼惡意，就是調皮。能軒來，快跟有順道個歉！」

「不要！他都沒跟我道歉，憑什麼要我跟他道歉？」

「為什麼有順要跟你道歉？」

阿姨和我都愣住了。

「我從一年級開始就得到說故事比賽冠軍，已收集第一名的獎狀五張，六年級這張應該也是我的，參加機會卻被他搶去了。他打碎我六連霸的美夢，應該跟我道歉！」

「所以你叫同學藏他的鞋子？」

陳能軒不答。

「是不是這樣？你是不是嫉妒他？」陳媽媽臉上掛不住了。

「我們家有春也說，你最近常找有順麻煩。」阿姨轉頭問我說，「他是不是常找你碴？」

我點了點頭。

陳能軒一臉不屑：「為什麼我老找你麻煩？因為你自大、好表現、目中無人，你眼裡既然沒有我的存在，我當然也不必在乎你這個怪咖。」

「你這小孩，怎麼這樣講話？我平時是怎麼教你的？」陳媽媽面子掛不住了，用力拍陳能軒的肩膀，「道歉！你給我道歉！」

陳能軒站得像根棍子。

「你不道歉就別想回家。」陳媽媽咆哮著。

陳能軒仍然動也不動。

「道歉！」

陳媽媽用力推陳能軒，陳能軒跌在地上，兩個眼眶瞬間溼了。他突然站起來，跑到我面前用力大喊：「對不起！這樣可以了吧？」

陳能軒轉頭衝出店外。

「你這小孩！」陳媽媽一急，連再見也沒說就追了出去。阿姨的臉色也不好看，我再不走，可能要遭殃了。

「我要回家寫功課了。」

我匆匆走出店門，經過騎樓外的紅磚道，聽到陳媽媽對著陳能軒唸經：「你吃人家什麼醋？他媽媽住那個地方，爸爸也沒在關心他，還得靠阿姨出頭，你比人家幸福多了，還跟他比，你是頭殼壞了呵？」

像有一盆冷水往我頭上倒下來似的，我渾身一陣哆嗦，拔腿就往家裡跑去。

10. 三個男生的家

「真不知道我這種對數字有感覺的人，怎麼會生出你這數字爛咖？」爸爸看到我的數學考卷猛搖頭。

「天這麼光，開什麼電火？」阿公一進門就伸手把燈給關了。

哎呀！百讀不厭的赤壁之戰又要展開，一觸即發的戰火，卻被阿公的兩根手指頭熄滅了。

「阿公，燈關了，我是要怎樣讀書？」

「讀書讀書，愈讀愈輸。別浪費這個電火錢。」阿公拿起桌上的遙控器，一按，電視螢幕立刻出現阿公的偶像豬哥亮在搞笑。

阿公空著手回來，又嫌我看書要花電費，看樣子，他今天一定打敗仗了。

雖然豬哥亮已經上天堂很多年，但他的節目還是常在電視上出現。阿公只要一看他的節目就會哈哈大笑。今天也是這樣，豬哥亮才在電視上說沒幾句，阿公就笑得前仰後翻，完全忘記自己輸錢的事了。

我發現自己的肚子咕嚕咕嚕叫。「阿公，我餓了。」

「去買便當啊！」阿公盯著豬哥亮的身影，「順勢幫阿公買一個轉來。」

「好！」我等在一旁。

阿公仍在看電視。

「啊？你哪還又站在此？不趕快去買？」

「你還沒給我錢。」

「錢？」阿公摸了摸口袋，只摸出一個十元硬幣，尷尬的說，「等你老爸轉來再買好了。」

阿公起身把電燈打開。「你繼續讀書，讀書可以騙腹肚。」

阿公說得好，專心讀書果然會忘記肚子餓這回事。我讀著《三國演義》，陶醉在諸葛亮召請東風的神奇之中；阿公則看著電視裡的豬哥亮，一直拍腿大笑。我們都忘了肚子咕咕叫這回事，直到爸爸提著三個便當自屋外走進來。

「吃飯啦！」爸爸把便當一放，也不招呼我們，就開始吃飯配報紙。爸爸讀的報紙很奇特，文字很少，都是一大堆密密麻麻的數字，看得人眼花撩亂。可是爸爸卻讀得津津有味，有時候還會放下筷子，拿起筆來寫寫算算，嘴裡的飯都忘了吞下肚。

簽明牌，是爸爸的最愛。

「真不知道我這種對數字有感覺的人，怎麼會生出你這數字爛咖？」有一次，爸爸看到我的數學考卷分數猛搖頭。

可是，隔天爸爸卻帶我去吃了一頓麥當勞。

「我昨晚就想，27這個數字很久沒出現了，既然你的老師堅持要我在考卷簽名，一定是老天的安排，沒想到你的分數真的就出來了。」爸爸與高采烈的塞了滿口的炸雞，口齒不清的說，「以後你的考卷每張都要帶回來給爸爸簽名，知道嗎？」

沒想到我的考卷分數成了爸爸的明牌。

那一陣子，爸爸經常問我：「老師最近有沒有考數學？考卷拿出來給爸爸簽名。」

有時候，我進步了，考到不錯的分數。爸爸卻皺眉說：「這個分數沒用啦！太多了，不能簽。」

然而，幸運之神卻只眷顧我一次。自那次的「27」之後，我的數學考卷分數就一直讓爸爸賠錢，一次、兩次、三次……爸爸終於爆炸了：「以後我都不要簽你的考卷。簽一次『摃龜』一次，衰斃了！」

阿公把便當拿到電視機前，吃晚餐給豬哥亮看；我則是一邊吃飯，一邊陪著周瑜、諸葛亮打仗。雖然我們三個人嘴裡吃著一樣的豬排便當，心裡的滋味卻完全不一樣。爸爸的嘴巴最厲害了，牙齒在咬，嘴唇在唸著數字，電視裡豬哥亮的肺腑之言，他完全沒有聽見。

「簽牌不好。我以前簽牌，才會『出國深造』（躲債），簽牌不好。」豬哥亮的妹妹頭，在螢幕上搖搖晃晃。

阿公聽了哈哈大笑，口裡的飯粒都噴到茶几上了。

豬哥亮在電視上說的每一字每一句，阿公都聽進去了。阿公每天帶五十元去市場口「打仗」，子彈用光就回家，絕不借錢。對於輸錢，阿公有自己的看法：「相戰輸了，總是要賠一些予人，要不然人

家哪會欲跟你相戰啊？像以前清朝打輸日本，也是把臺灣賠給日本，後來我們贏了才又把臺灣贏回來。」

「輸得起也放得下，才是真英雄。要不然就是大狗熊了。」

阿公雖然讀書不多，但他說的話還滿有道理的。我們班的陳能軒，就是一隻超級大狗熊。

前幾天，大肚魚老師問有沒有人要代表六年六班參加說故事比賽，沒有人舉手自願。他可能不想再重蹈上次的作文比賽被回絕的悲劇，直接點名我。

「王有順，你整天都在看故事書，就你去參加比賽好了。」

「好！」有了徵文得獎的經驗，我開始對自己有信心。

「老師，五年級時，陳能軒得第一名耶！」楊幸嘉突然抗議，「應該是他參加才對。」

李正豪也補充：「陳能軒從一年級到五年級都是說故事比賽的第

一名。」

「哦？你這麼了解他的戰績？」大肚魚老師望著李正豪。

「我一年級時得第二名。後來我媽都會先打聽，只要聽到陳能軒參加，我就不參加。」

大肚魚老師問陳能軒：「你今年想參加嗎？」

「無所謂，」陳能軒聳肩，「反正我們家客廳的牆壁快被獎狀貼滿了，也沒剩多少空間。」

「既然這樣，還是王有順去好了，免得別班說我們班沒有人才。」

那一天回家路上，張有春說：「老師沒有堅持叫陳能軒參加說故事比賽，他一定很失望。」

「才不！他一點都不想參加。」

那時，我覺得張有春是個愛嚼舌根的八卦女王。

不過，現在我覺得她真是料事神準的「張半仙」。想要又不直說，只會裝腔作勢的陳能軒，就是阿公口中的「超級大狗熊」。謝天謝地，我們這「三個男生的家」裡頭，並沒有大狗熊。

11. 跳級生好可愛

陳瑤璘說：「雖然你和別人不一樣，但那有什麼關係呢？你上自然課很認真，是一個很好的實驗夥伴。學長，謝謝你。」

自然實驗室多了一個小妹妹，坐在小羊老師前面的位置。

「這是跳級生陳瑤璘，她唸五年七班，自然課跳級跟大家一起上。等一下歡迎大家邀她同組。」

小羊老師上課最喜歡分組，社會課報告要分組，實驗頻繁的自然課當然也是「分」個不停。從五年級的竿影測量、星座觀測……，到六年級的電磁鐵，小羊老師每次都給我們重新分組的機會。

「多嘗試跟不同的人合作，可以讓自己心胸更開闊。」

雖然小羊老師的想法很好，不過，每次分組的結果都差不多，同組的永遠同組，除非是有人鬧翻絕交，才有可能拆夥。

張有春的好朋友很多，無論什麼課分組，她永遠都是最搶手的成員。

「有順比較憨直，你在學校要多照顧他。」以前媽媽常跟張有春拜託，所以她做什麼都邀我同一組。但自從國語課分組演「孫悟空三借芭蕉扇」，我演白馬把楊幸嘉摔下馬以後，她就再也不肯跟我同組了。

「你要主動邀男生同組，不能老是黏著我。」

張有春不知道，我和她是不同的人，其實我更想要自己一組，無拘無束，不受干擾。

小羊老師宣布：「現在教室共有三十個同學，四個人一組，剩下的兩個人單獨一組。」

人人都怕落單，小羊老師一宣布：「現在開始分組。」七個組別很快就分完，各組坐妥。第二張到第八張實驗桌都坐滿人了。只剩下一個人站在原地，那個沒分到組的人就是我。

第一張實驗桌只坐了一個人，跳級生陳瑤璘。

「王有順，幸運兒就是你。」小羊老師對我眨著眼睛，「你和陳瑤璘同一組，要好好照顧學妹。」

「哎唷！」全班開始起鬨，「學長照顧學妹，男生愛女生。」

教室像一鍋沸騰的水，吵成一片。

我在第一組坐下，跳級生的對面。

「你好，我是陳瑤璘，現在讀五年七班。」

陳瑤璘綁了一個馬尾，臉上白白淨淨的，說起話來輕聲細語，卻很大方，有點兒可愛。

小羊老師開始說明今天的實驗。

「我們這個實驗的目的，就在於要比較出相同濃度的食鹽水，用烤乾和用晒乾兩種方式的結晶，會有什麼不同。」

陳瑤璘和我安安靜靜的聽老師講解，但我們後面不斷有細細碎碎的聊天聲傳來。

背後的聲音愈講愈大，小羊老師的講解快要變成遙遠草原的咩咩叫聲了。

狀況一觸即發。

「朱威傑，老師在講，你有沒有在聽？」

小羊老師果然爆炸了，她的聲音一提高，教室頓時變成一座死城。

「有。」

「我剛才說什麼?」

「不知道,我聽不懂。」朱威傑理直氣壯。

全班笑成一團,對我們來說,這是很正常的答案。

小羊老師不死心,再接再厲。

「我們要用烤的和晒的兩種方式去比較。明白嗎?」

朱威傑用力點頭。「比較什麼?」

小羊老師的臉漲紅得像過五關斬六將的關羽,不過朱威傑不是小羊老師心目中要斬殺的大將,所以逃過一劫。

「我們要比較鹽的結晶。」

「鹽也會結婚喔?」

小羊老師噗哧一聲笑了出來,全班跟著大笑。

「朱威傑長大了,想結婚啦!我知道。」小羊老師不讓朱威傑再打岔，立刻宣布，「現在各組開始實驗，注意用火的安全。」

安靜的教室，又淪陷了。

陳瑤璘問我：「學長，你想動手煮鹽水，還是到陽臺去晒鹽水？」

我感覺備受尊重，立刻作了決定：「你先去跟老師領兩份鹽水，一份給我燒，一份拿去晒，兩節課要把鹽水晒乾不容易。」

我雖然喜歡讀歷史書，但也喜歡動手的工作，盛鹽水、架燒杯、點酒精燈，然後專心的煮水。陳瑤璘在陽臺放好食鹽水回來，看到我開始煮水，馬上開始記錄時間及水溫變化。

「學長，你煮水的技術不錯喔！別組的水都還沒沸騰，我們的卻已經冒小泡泡了。」

我覺得自己好像飄在雲端上，陳瑤璘學妹好可愛。

「砰！」

「哇！」

班長黃馨儀的尖叫聲像天空的一道閃電，她們那組的燒杯破了。尖叫聲中，又一連響起幾個「砰！」「砰！」聲，其他幾組的燒杯也破了。

小羊老師像是消防隊員，四處滅火，忙得滿頭大汗。她好不容易回到講臺前，看到我們的燒杯裡熱水翻騰，終於露出了笑臉。「還好你們這組挺順利的，想辦法讓火小一點，以免受熱不平均。」

「砰！」

啊！我們這組的燒杯也破了。

陳瑤璘的嘴巴張得好大，但她不像那些女生，尖聲大叫。

小羊老師雖然失望，但還是鎮定的說：「沒關係，等碎玻璃冷卻後再處理，小心別燙傷手，也別割傷手。」

當各組把實驗桌上的破裂玻璃處理乾淨，戶外曝晒的食鹽水也乾了。看到自己晒的食鹽水變成白細的結晶鹽，大家都興奮睜大眼睛。

可是，今天我們班烤的食鹽水全軍覆沒。

「老師，實驗結論要怎麼寫？」永遠第一個想要知道答案的李正豪舉手發問。

「我知道，抄自修就可以了。」陳能軒得意的從抽屜裡拿出自修，「這裡寫說——」

「等等——」小羊老師制止陳能軒的發言。

「做實驗的目的不僅在知道結果，還要探討原因。」小羊老師發揮循循善誘的功夫，「如果一味用抄解答的方式，就失去自然科學的學習精神。」

「老師，」陳瑤璘舉手了，「可以再給我相同濃度的食鹽水嗎？我想利用午休時間再作一次實驗。」

「哦？」小羊老師驚喜的轉向我，「有順，你午休可以再作一次實驗嗎？」

「我——」我看到陳瑤璘熱切的眼神，只好點頭答應，「我可以。」

小羊老師笑了。「午休我也來陪你們一起重作實驗。午休結束，大家再回來這兒看實驗成果。」

同學們聽到不必再作一次實驗，紛紛拍起手來。

陳瑤璘大方的站起來對大家鞠躬，那樣子好可愛！她做實驗的時候非常認真，不像班上有些女生，總是躲在一邊聊天，等著抄別人的實驗結果；也不會像班上一些男生，總是打打鬧鬧，整組幾乎沒有一個人認真做實驗。

下課時，我鼓起勇氣：「陳瑤璘，以後實驗我們都同一組好嗎？」

「好啊！」

陳瑤璘一口就爽快的答應了。

這是我第一次主動邀人同組，沒想到這麼順利。

隔天，陳瑤璘送我一張卡片，裡頭寫著：「雖然你和別人不一樣，但那有什麼關係呢？你上自然課很認真，是一個很好的實驗夥伴。學長，謝謝你。」

12. 霸凌問卷

老虎主任說：「我講了半天你都不肯重填問卷，怎麼才說要幫你處理霸凌問題，你卻急著填了。真是怪咖！」

「各位同學，把桌上的東西收乾淨，我們來做一點輕鬆的活動。」下課前十分鐘，大肚魚老師把課本收起來，拿出一疊Ａ４的紙發下來。

全班歡呼大叫。能少上一分鐘國語都像是上了天堂，更何況是少上十分鐘的數學，簡直讓人到了外太空。

據以往的經驗，這恐怕又是一些在大學研究所進修的老師們的問卷，只要我們在空格中隨意勾一勾，就可以得到一枝原子筆，或是一個L形資料夾。

不過，我是有良心的人，我會一個字一個字細細的讀，認真的打勾。雖然有時候我覺得編寫問卷的人有點兒糊塗，類似的題目一直出現，像是：「我每天睜開眼睛，只要想一到上學，就不想起床。」或是「我早上會賴在床上，是因為我討厭上學。」

這兩題說的不是同一件事嗎？

我曾經拿著問卷去問大肚魚老師：「老師，這兩題的意思重複了。」沒想到他看了一眼，回答我：「這是測謊題，看同學作答有沒有認真，同樣的問題如果有不同的答案，就表示同學是亂打勾的。」

「亂打勾會怎樣？」

「那份問卷就沒有研究的價值了。」

我嚇了一跳。「那不就白寫了？」

從此，我更是一個字一個字仔細的看，認真的作答，簡直比我考數學還要認真。

不過今天的問卷，比起以前填寫的問卷簡單多了。一張紙上，只有八題。都是非常簡單易答的題目。像是：我曾經被同學毆打過、我的東西曾經被同學藏起來或破壞、同學曾在網路上說我的壞話、我曾經被大家孤立，沒有朋友⋯⋯

這張問卷問的情形都是我常遇到的。所以，我用最快的速度，在每題的「經常如此」前面的框框中打勾。

「寫好的就交給各排組長，組長收齊交給我。」大肚魚老師剛說完，只見教室裡每個人都站起來找組長，幾秒鐘時間，問卷全都交齊了。

「大家都寫完了嗎？」大肚魚老師瞟了我一眼，宣布：「下課！」

全班歡聲雷動，足足比學校的鐘聲提早十秒鐘下課。轉眼全班跑光，只剩下我坐在教室看著《七俠五義》裡的南俠展昭，保護開封府的包公辦案。

教室安靜極了。我可以全心全力的投入歷史的洪流，徜徉其中。

「有順！」大肚魚老師不知何時走到我身旁，拍著我的肩膀。

「老師，什麼事？」我嚇得站起來。

「你沒聽到廣播？」

「什麼廣播？」

「黃成虎主任通知你去學務處。」

「發生什麼事了？」

最近我既沒撿到東西，也沒有報名課後社團活動，為什麼老虎主

任會找我去呢？

「去了就知道。快去吧！」

故事正在緊要頭，不能拖延。我一口氣衝下樓，來到學務處。

「你就是六年六班的王有順？」老虎主任從頭到腳打量我，眼光像一把銳利的屠刀。

我感覺自己好像是一隻被電宰除毛的豬，被晾在架子上，等待豬販來把我批回去分屍。

「我是王有順。」我的喉嚨乾澀發癢。

「等我一會兒。」

老虎主任把手上的問卷用橡皮筋綁成一疊一疊，然後拿起桌沿那張問卷。

「這張問卷是你親自填的嗎？」

我瞥了一眼，我用力的點頭。

「你常被同學欺負嗎？」

我點頭。

「常被同學作弄嗎？」

我點頭。

「常被同學用語言羞辱嗎？」

我點頭。

「常被同學孤立嗎？」

我用力的點頭。

「他們為什麼打你？」主任問，「為什

麼用語言羞辱你？」

我搖頭：「不知道。」

「你有沒有做對不起他們的事？」主任問。

我搖頭。

「你跟他們有仇嗎？」

我搖頭。

「那——你是不是一個討人厭的孩子？」

我遲疑了一會兒。「應該不是吧？」

老虎主任臉上的寒冰融化了，嚴肅的線條也逐漸柔和。

「那麼，一定是其中有誤會。」

「主任，我沒有誤會他們。他們真的曾經罵我、藏我東西，還在網路上說我壞話。」

「可是你剛才說你不是一個討人厭的孩子，所以主任猜想，他們只是跟你開玩笑，不是欺負你。對不對？」

如果我說不對，那不就表示我是一個討人厭的孩子嗎？

我只好點頭。

老虎主任笑了。從他桌上拿過來一張空白的問卷和一枝筆，遞給我：「重填問卷吧！都勾『從來沒有』那一項。」

「可是我真的被同學罵過、孤立過……這問卷上寫的，我都遇過，如果我勾『從來沒有』，不就是亂答嗎？亂答的問卷，就沒有研究價值了。」

老虎主任不耐煩了。

「你很奇怪耶，寫問卷幹嘛那麼認真？同學打打鬧鬧是常有的事，你一五一十的寫，會被教育部盯上，說我們學校有霸凌問題，害我又有寫不完的報告，你知道嗎？」

「可是我真的有被——」

「好吧好吧！」老虎主任放棄了，「你先回教室去上課，下課的時候，帶那些曾經打你、罵你、欺負你的同學一起來找我。」

「找主任做什麼？」

「問清楚狀況呀！如果真的有霸凌問題，我會一件一件處理。」

「那要多少時間？」

「好幾節的下課時間吧！」老虎主任癱在椅子上，「我總不能知情不處理吧？」

「那——」如果每節下課都到學務處，我的《七俠五義》不就泡湯了？

我抓起桌上的筆，唏哩呼嚕勾了問卷中的「從來不曾」。

「主任，我把問卷重新填好了。你不必找我和同學處理霸凌問題了。」我把問卷交到老虎手中，拔腿就跑。轉身的時候，我瞥見老虎的嘴角彎出一抹驚喜的弧度。

「我講了半天都不肯重填，怎麼才說要幫你處理霸凌問題，你卻急著填了。真是怪咖！」老虎主任的話聲，像風一樣在我背後響著，卻追不上我的腳步。

13. 不是我，他也有

朱威傑說：「我告訴你，因為你是怪咖。怪咖做的事情總是跟別人不一樣，所以人家才會選擇相信我，不相信你。」

為了趕著把《七俠五義》看完，憋了兩節課，膀胱快要爆炸了，我用跑百米的速度衝進廁所大解放。

哇！真舒服！

姐姐曾教我背詩句「不經一番寒徹骨，哪得梅花撲鼻香。」我看，倒可以改成「不經一番憋尿苦，哪來解放大歡呼。」

多讀書果然可以出口成章。咦？一陣水花往我褲子噴來？

「哈哈哈！怪咖尿褲子了。」

原來站在我旁邊的人是朱威傑。他拉起我的尿斗上的按鈕，噴得我一身溼答答，尤其是褲子前面。

我往右踏一步，用力拉起他的尿斗上的按鈕，姐姐曾說過，做人不能太軟弱，要適時的以牙還牙。現在，我就要以「以水還水」。

沒想到朱威傑早有準備，「砰！」一聲往後一跳，像噴泉一樣冒出來的水花，完全沒有攻擊到他。朱威傑一身全乾，我的右腳長褲、鞋子卻像掉到了水溝裡一樣。

按鈕的黑頭竟然被我拔開來了。

尿斗裡的水冒個不停，我也嚇壞了，不知如何是好。

「王有順破壞廁所的尿斗。」朱威傑像是中第一特獎，狂叫著跑

出廁所。

「咦?王有順你——」剛進廁所的陳能軒看到我,也忍不住大笑,「王有順尿褲子了。」

像是報佳音似的,陳能軒興奮的嚷著跑出廁所。才一會兒時間,廁所就湧進一群人來。

「我不是故意的,我沒想到會這樣,真的,我沒有破壞廁所,它本來就鬆掉的。」我害怕被人家誤會,趕緊把黑色按鈕裝回去,可是,水依然噴個不停。

圍觀的男生,對我指指點點;幾個女生站在廁所外,也交頭接耳。

「王有順,有人看到你拔開按鈕。」

「王有順,你完蛋了!」

「破壞公物,你等著賠錢吧!」

我恨不得像地鼠一樣，鑽到地洞裡躲起來。

「你們不要落井下石好嗎？」一個熟悉的聲音傳來，是自然科跳級生陳瑤璘。

剛才，大家的冷言冷語讓我恨不得變成鑽地鼠，但現在，被陳瑤璘看到我的慘狀，我又變成了臉紅的木乃伊。

陳瑤璘向我走來，圍觀的男生自動讓出一條路。

「我不是故意的，真的。」天下人都可以冤枉我，唯獨陳瑤璘不可以，她曾對我表示過「雖然你和別人不一樣，但那有什麼關係呢？」。

我還沒想到要如何跟陳瑤璘解釋，她已經越過我的身旁，走到尿斗旁，蹲了下去。

「啊！」大家發出驚叫聲，空氣中像是有一根緊繃的弦，即將斷裂。

怎麼會有女生敢在眾目睽睽之下蹲在男生的尿斗旁邊？難道她不怕別人笑她？難道她為了我而不顧一切？

我心底湧起一陣歡喜一陣尷尬。

「噗唿！」尿斗裡噴個不停的水止住了。

只見陳瑤璘站起身來。

「啊？」大家驚呼，「好厲害喔！」

「陳瑤璘，你是怎麼修的？竟然一下就把漏水修好了？」張有春不顧一切擠過人牆，來到尿斗前。

「止水閥鬆了，我把它壓回去就好啦！」

「你好厲害，不但自然實驗做得好，還會修馬桶漏水。」班長黃馨儀也擠進廁所來了。

「這沒什麼！我爸是水電工人，小時候常常跟著他出去工作，看多了自然就會啦！」陳瑤璘說著去洗手檯洗手，「我要回去上課了。」

我還來不及跟她道謝，她就走了。

「王有順，你為什麼破壞廁所？」老虎主任氣沖沖來了，朱威傑得意洋洋的站在他的旁邊。

「不——不是我。」

「看你的褲子溼答答的，還敢否認？」

「他也有。」一情急，我指著朱威傑。

「『不是我，他也有』？王有順，這種推卸責任的話，你也學會了？」老虎主任訝異的看著我。

「朱威傑真的有亂拔沖水頭。」

我試圖揭開出朱威傑的真面目。

「別講了，一路上朱威傑都跟我說了。」

「主任，是朱威傑他先——」

「他先動手，所以你就跟著他動手？」老虎主任問：「那麼，如果朱威傑殺人，你也要殺人？」

「我——不是這樣的，是開關鬆了，我運氣不好——」哎！我一急，真是說什麼都不對，，眼眶一陣溼，接著臉頰也溼了。

「主任，止水閥鬆脫，噴得王有順一身。剛才五年七班的陳瑤璘修好了。」張有春終於發聲了。

「已經修好了？」老虎主任的臉色和緩了下來，對我說，「好了，別哭了，男生哭哭啼啼的像話嗎？」

大肚魚老師也來了，陳能軒跟在他旁邊。

「主任，先讓孩子去換褲子，免得感冒了。好嗎？」

老虎主任點頭。

大肚魚老師忙說：「有順，待會兒去輔導處看看有沒有乾淨的長褲可借換，有事回教室再說。」

圍觀的同學似乎意猶未盡，仍站在原地，大肚魚老師把注意力轉到他們身上。「趕快去上課！一群人在這裡幸災樂禍，像話嗎？」

大家一哄而散。

老虎主任交代：「張有春，快帶你表弟去換衣服。」

「主任，王有順是我表哥，不是我表弟。」

老虎主任被張有春這麼一糾正，噗哧一聲笑了。「你總是在照顧他，讓我搞糊塗了。」

事情解決了，老虎主任和大肚魚老師一前一後走了。

廁所裡剩下張有春、我、朱威傑。

「朱威傑，這件事一定是你先引起的。」張有春斬釘截鐵的說。

「你無憑無據，不要血口噴人。」

「自從你轉來以後，一直對王有順不友善，你以前作弄他的紀錄，就是最好的證據。」張有春展現她逼人的氣勢，「你說，是不是

你先作弄我表哥的？」

「是又怎麼？」朱威傑眼珠往上吊，「不是又怎樣？」

「他哪裡招惹你了？你要這樣三番兩次的作弄他？上次藏他的鞋，這次噴得他全身溼。」

「憑他？也想讓我作弄？」朱威傑一臉的不屑，轉向質問我，「王有順，上次我說要藏你的鞋，為什麼沒有一個人洩露祕密？今天我一說你破壞廁所，為什麼大家都相信，沒有人為你說話？」

「你知道這是為什麼嗎？」朱威傑指著我的鼻子。

我搖頭，我真的不知道，為什麼每次大家都站在朱威傑那一邊，他是六年級才轉來的同學呀？其他同學，有的人跟我一、二年級同班過，有的人從三年級就跟我同班到現在，他們跟我的感情應該比跟朱威傑深吧！而且，朱威傑一天到晚打架鬧事，上學遲到說粗話，簡直就是——就是——就是像漢高祖劉邦一樣的地痞流氓！

「你不知道原因對不對？」朱威傑往前踏一步，逼近我。

我搖頭。

「我告訴你，因為你是怪咖。怪咖做的事情總是跟別人不一樣，所以人家才會選擇相信我，不相信你。」

真的是這樣嗎？沒有人願意相信跟自己不一樣的怪咖？

14. 運動會那一天

爸爸說：「你姐講，人家班長沒跑大隊接力，中午就請假回家了，你還在那邊又跳又叫為別人加油，枉費你姐姐花大錢幫你買演唱會的票，那些錢，給我買酒還比較實在。莫怪人家說你是怪咖，你真的是怪咖。」

一年一度的校慶運動會來了，開幕典禮之後，開始社區家長和志工的拔河比賽，接著是低年級小弟弟小妹妹的全員賽。操場邊擠滿拿

著手機拍照的家長們，我只好離開嘈雜的場地，躲到圖書室，想借幾本書看看。

沒想到圖書室也是人山人海，原先供人閱讀使用的書桌上面，布置了精美的小盆栽，許多家長端著咖啡流連在盆栽間，顯得十分逍遙。書庫裡一片昏暗，我循著平時借書的路線，走進書庫，打開天花板的燈。準備讓我的大腦好好的運動一下。

「這位小朋友，我們圖書室今天不開放喔！」

我回頭，看到一頭卷髮的圖書室阿姨。

「原來是你，六六有順。」

自從輔導處的彌勒佛老師這樣叫我後，學校一些老師、阿姨也這樣叫我。我喜歡這樣的稱呼。

「今天是上學的日子，為什麼不能在這兒看書？」

「今天是運動身體的日子，你應該去操場跑跑跳跳，不要再做書

蟲好嗎？一天，只要一天就好了。」阿姨舉出右手食指，滿臉堆著甜美的笑容。

「可是——我要十一點才有比賽項目。」我不好意思再多說了。

「你只參加趣味競賽喔？」阿姨同情的望著我。

「嗯！」

「沒關係，天生我材必有用嘛。今天，你就當同學的啦啦隊好了。改天，你上臺領閱讀小博士獎狀的時候，別人也會給你拍拍手。」

「他們會嗎？」我突然懷疑起來，每個月圖書室頒發借書排行榜時，我都是全六級前三名的人，我在臺上從來不曾注意同學們是否幫我用力的拍手。

「去吧！在這大好的日子，改變一下自己。」

在咖啡的香味中，我走出圖書室。

電視上常常看到一些穿著整齊的男人，一手拿書，一手端著咖啡，啜了一口咖啡之後，優雅的說：「一本好書配上一杯好咖啡，就是幸福。」

這個廣告根本就是騙人的。在我們學校圖書室，平時有書看就不能喝咖啡；運動會這天，有咖啡喝就沒得看書。我還是回教室，去自己座位享受真正屬於自己的幸福吧！

從一樓爬到四樓，還真有點兒喘。沿路遇到不少問路的家長，扛著一箱箱的飲料，尋找孩子的教室，雖然他們爬得氣喘噓噓，卻堆了滿臉的笑容，跟天空的太陽一樣溫暖。

走回六年六班的教室，三三兩兩的同學聚在一起，男生打電動，女生聊八卦，沒有人注意到我。

每張桌上都擺了一瓶運動飲料，及一包牛奶餅乾。這是哪個同學請客呢？我想起二年級時，有一次我帶同學發的生日糖果回去，媽媽

跟我說：「經常吃同學的生日糖果真不好意思，下回你生日我們也買一些餅乾去請同學好不好？」

「書上說吃太多零食會蛀牙。」我有更好的點子，「乾脆我生日的時候說一個故事給同學聽好了。」

「人家都要吃糖，哪有誰想聽故事？」媽媽當時不以為然的神情，我至今還記得清清楚楚。

後來，我生日時，就跟老師說要講故事給同學聽，老師把國語課讓出十分鐘給我，可是我只講三分鐘就下臺了。因為臺下的同學聊天聊得很起勁，根本就沒有人在聽我的「生日故事」，就連我的故事只講了一半，沒有結尾，也沒有人在意。

「以後你上臺講話要記得大聲一點，臺下同學才聽得見。」事後老師提醒我。

上次被大肚魚老師點名去參加說故事比賽，我特別注意自己的音量要夠大，沒想到劉邦「分一杯羹」的故事，竟獲得第一名。最近我每次看到貼在房間的獎狀，就忍不住懷疑這個故事的真實性。項羽威脅要殺劉邦的爸爸，劉邦竟然回答：「我爸爸等於是你爸爸，如果你殺了你爸爸煮來吃的話，請分我一杯羹。」

雖然爸爸最近都不大理我，下班不是喝酒就是找明牌，可是，如果有人敢說要殺我爸爸的話，我一定跟他拚命，怎麼還說得出「分我一杯羹」這種沒良心的話呢？

我開始懷疑自己一天到晚看的歷史故事，是不是很多都是假的？假的故事還值得讀嗎？

媽媽說得對，還是送大家吃的、喝的比較實在，吃在肚子裡有感覺，故事可能是假的，更何況我說得口沫橫飛，聽故事的人也未必能夠聽進腦海裡。

「就算聽進去了，大概過兩天也忘光。」

媽媽真聰明，可是，那麼聰明的媽媽為什麼會——

哎！算了！看在教室前面堆滿飲料、糖果、餅乾的份上，今天還是快快樂樂的吃喝吧！這些食物，到底是哪些好心人送的？

黑板上寫滿一行行歪七扭八的字。

「李得倫送舒跑兩箱。」

「莊宜瑜送科學麵三十包。」

「錢錦玟送巧克力餅乾一箱。」

咦？

「王有順送雞蛋布丁兩箱。」

我何時送兩箱布丁呢？

爸爸從來不曾到學校，當然不是他送的。那——一定是阿姨送的，她每次送飲料就掛上張有春和我兩個人的名字。

「我媽說，這叫『一魚兩吃』。」張有春在黑板上寫捐送名單時，總是這樣告訴我。

這板書的字體，就是她的。

看來，張有春今天糊塗了，她只記得我這配角的名字，卻完全忘記寫上自己的名字了。

「一定是因為急著玩牌！」張有春正在座位和幾個同學一起玩撲克牌的接龍。算了，還是我替她寫上去好了。

「王有順，你在幹嘛？」張有春突然對我大叫，我嚇得手中的粉筆掉在地上，斷成兩截。

「你漏寫自己的名字，想要替你補上去而已。」我聳肩，「我們兩個的名字不是一直寫在一起嗎？」

「那是你姐送的，我媽又沒出錢買布丁。」張有春指著黑板的另一邊，「你看！我媽送的寫在那裡。」

果然，張有春送了一箱梅子綠茶。

姐姐來參加我的最後一次國小運動會？「我姐呢？」

「跟大肚魚往樓梯的方向走去了。」

姐趕回來了？太好了，那我要拜託她放學以後帶我去——

出了教室，果然看到遠遠的樓梯盡頭，姐姐側對我，跟大肚魚老師說著話。

「姐——」

姐姐聽到我的聲音，急忙掏出面紙，低頭擦擦眼睛，才轉過身來看我。

「姐，你怎麼了？」

「沒——沒事。」姐姐笑著拉起我的手說，「我已經替你跟老師請假了，吃完午餐你就跟姐姐上臺北。」

「去臺北做什麼？我們班下午要跑大隊接力。」

「你不是啦啦隊嗎？啦啦隊請假沒關係，還是跟你姐去臺北參加

歌手的演唱會吧！」大肚魚老師說。

「演唱會？」我眼睛一亮，可是我又想到剛才圖書室阿姨跟我講的話，要當個盡責的啦啦隊，以後我上臺領獎時，別人才會為我拍拍手。

我搖頭。

「你不去？」姐姐詫異極了，「我特地從臺北回來，要帶你去開開眼界，票都買好了。」

「可是，你沒有事先通知我。啦啦隊比演唱會更重要，如果我們班跑輸了怎麼辦？」

「有順，你放心跟姐姐去吧！機會難得。啦啦隊少一個人無所謂的。」

「不，我不想去。我要留下來為我們班的選手加油。」

「演唱會的票很貴的，而且姐姐老遠從臺北趕回來。」大肚魚老

師今天是怎麼了？不但不鼓勵我為班上加油，還加入勸說的行列。

「姐，你一定可以找到別人陪你去看演唱會的，對不對？」

「好吧！那我先回家了，如果你中午改變主意，還來得及回家找我。我搭下午兩點的車。」姐姐失望的往樓下走去。

「別忘了我的建議喔！有空多回來陪弟弟。」大肚魚老師不忘叮嚀姐姐。

「謝謝老師，我會的。」姐姐轉過頭來，對我們揮揮手就走了。

下午四點，運動會閉幕典禮結束，我回到家時，姐姐果然已經離開了。老爸在家裡喝酒配花生，獨自一人看著電視。他一看到我回家，就對我唸經。

「你姐講，人家班長沒跑大隊接力，中午就請假回家了，你還在那邊又跳又叫為別人加油，枉費你姐姐花大錢幫你買演唱會的票，那些錢，給我買酒還比較實在。莫怪人家說你是怪咖，你真的是怪咖。」

爸爸很久沒有對我說這麼長的話了。我心裡突然湧起一把希望的小火苗。

「爸，明天星期日你要上班嗎？」

「做啥？」爸爸仰頭灌下一杯酒，嘴唇咂了咂，「好喝！好喝！」

「我想去醫院。你帶我去好嗎？」我鼓起勇氣。

「叫你阿姨騎車載你去就好了。我沒空。」

「星期天剪頭髮的客人比較多，我怕阿姨忙不過來。」

「那就叫你阿公陪你坐公車去好了。」

「你做人老爸的，不陪自己的囝仔去看伊老母，叫我這個長輩帶去，這種話你說得出嘴？」阿公不知何時走到客廳，剛好趕上回答。

「反正你閒著也是蹲在市場口賭錢，就陪孫子去一趟是會少你一塊肉呵？」

「肉是不會減啦！只是我不願。我是按怎要替你收尾？」

「你——」爸爸氣結，一時回答不出話來，「問題又不在我，是她自己心裡有問題好不好？」

「好了！你們都不要吵了。不去就不去，沒什麼了不起的。等我長大了，我自己去。」我氣得拔腿就跑出去。

這個只有三個男生的家，一點溫暖都沒有。不，一點溫度都沒有！

15. 照些相片給媽媽看

張有春湊過來看。

「喂！你怪咖喔？手機裡怎麼一個人都沒有？雖然老師說要做報告，但你也不必都是拍老虎、浣熊、無尾熊……連天空都有了，卻連我的相片一張也沒有，沒有人，哪知你和誰去畢旅啊？」

今天是畢旅繳費的最後一天，大肚魚老師一踏進教室就收畢旅的繳費單。

我以跑百米的速度衝到大肚魚老師桌前，掏出早上剛去便利超商繳費的收據。

「你要去？」大肚魚老師似乎有點兒錯愕。「誰給你的錢？」

「我昨天打電話給我姐，她答應出錢給我去畢旅，叫我先跟阿姨借，月底她回家的時候會還給阿姨。」

姐姐上班賺錢了，讓我很得意。

就這樣，我很順利的報名參加了畢業旅行。

姐姐月底回家後，不但還了跟阿姨借的錢，還幫我準備新背包及新衣服，陪我走了一趟醫院。

不知道為什麼，每次去醫院，我的心情都很沉重。

「順順，你上學要乖，要聽老師的話，知不知道？」媽媽每次都跟我講這句話。

對於姐姐，媽媽說的是：「有真，你去問醫生，媽媽什麼時候可

以出院？」

「你在臺北賺的錢雖然比較多，但不能亂花，要存起來，知道嗎？」

媽媽千篇一律都是這些話。

這次要離開醫院時，我突然想到了畢旅。

「媽，我下個星期要去畢業旅行，到陽明山、木柵動物園、淡水老街……這些地方。」

媽媽遲滯的目光，有了亮光。「陽明山？我當小姐的時候去過，淡水跟你爸結婚時去過一次。現在不知道變成什麼樣子了。」

「木柵動物園呢？你去過沒？聽說有無尾熊、國王企鵝、熊貓……，許多動物都很可愛，你看過沒有？」我興奮的講個不停，忘記媽媽生病了。

但是媽媽看起來精神不錯。

「真希望可以看到動物園的景色。」

媽媽的眼眸閃過一道流星，姐姐和我都捕捉到了。

「你要按時吃藥，多散步晒太陽。等你好了，我帶你去臺北玩。」姐說。

「好。」媽媽的聲調依然平板，但我聽得出聲音裡面躲著很大很大的喜悅。

從醫院出來，姐姐帶我去買一部新手機。

「多拍些照片回來給媽媽看。」

畢旅時，大家人手一機，沿路拍個不停。

「趕快拍！拍回家再慢慢看。」張有春像隻花蝴蝶，急著在每個景點前搔首弄姿請人幫她拍，根本沒有停下腳步欣賞景色。不像我，我都慢慢的用自己的手機打獵，捕捉到許多美好的鏡頭。三天兩夜的畢旅，我一共拍了一千多張相片。

行程結束，坐在回程的遊覽車上，我一張一張的欣賞自己的傑作。

張有春湊過來看。

「喂！你怪咖喔？手機裡怎麼一個人都沒有？雖然老師說要做報告，但你也不必都是拍老虎、浣熊、無尾熊……連天空都有了，卻連我的相片一張也沒有，沒有人，哪知你和誰去畢旅啊？」

誰說相片一定要照人？同學天天都看得到，與其看相片不如看身旁的同學，還比較真實呢！

更何況，媽媽說她要看動物園的景色……她可沒說要看我的同學呀！

16. 很不逼真的寫真照

「哇！」眼前的小人兒，帥得出奇。難道，我真的長得這麼帥？世界上有這麼帥的怪咖嗎？

大肚魚老師走進教室時拎了一個攝影公司的提袋。

「大肚魚是不是去拍十週年的結婚照？」

「八成是要跟我們分享他手中的寫真相本。」坐在後面的楊幸嘉和張有春交頭接耳，但她們說得也未免也太大聲了，我隔了三排都聽得到，恐怕全班都聽到了。

大肚魚老師果然也聽到了。「楊幸嘉，你猜錯了，我手中的不是結婚照。」

「張有春，你猜對一半了，我是要跟你們分享手中的寫真照。」

大肚魚老師說得似是而非，好像對又好像不對。他手裡提的到底是什麼？

全班都好奇的盯著大肚魚老師。

「大家把桌上的東西全都收起來。」

大肚魚老師像發考卷一樣慎重，「喊到名字的出來拿你的寫真照，那是要放在畢業紀念冊用的。」

「陳能軒。」

「李大德。」

「朱威傑。」

大肚魚老師一個個叫出去。

「好興奮。」

「好期待。」

「不知道自己會被拍成什麼樣子？」

三三兩兩的話語從四面八方傳來，大家都很緊張。

「王有順！」

「有。」我急急跑上前去拿回我的寫真照。

「哇！」眼前的小人兒，帥得出奇。難道，我真的長得這麼帥？世界上有這麼帥的怪咖嗎？

教室裡此起彼落的響起讚嘆聲，可見大家都不認得手中的自己了。

這真是最不逼真的寫真照了。但是，大家都很開心。

「老師，這些相片是不是用軟體修過？」李正豪舉手發問。

「我不清楚。」大肚魚老師手中也拿著一小張相片，「不過，老師對自己的相片還挺滿意的。」

「我聽說有一種修圖軟體，你要它圓臉，它就會變圓臉，你要它變長臉，它就會變長臉。老師，這是真的嗎？」李正豪又問。

「我沒聽說，不過看這相片，我相信很有可能。你們滿意自己的寫真照嗎？」

「滿意滿意！你們看，我的雙下巴不見了。而且，我的圓臉變成瘦臉了。」楊幸嘉興奮的把自己的相片傳給了一個又一個同學看，班長看了一眼就還她，她又把相片遞給班長，「再看清楚一點兒，我是不是變瘦了？是不是？」

「是！是！你真的變瘦了耶！」黃馨儀連聲說了兩次，楊幸嘉才放過她，繼續尋找下一個知音。

「說真的，我也是今天第一次發現自己還挺上相的呢！」上課很少發言的風紀股長錢思妤，今天失常了。

「攝影師真偉大！」朱威傑振臂疾呼，因為他嘴唇上面那兩粒討厭的「蒼蠅屎」也不見了。

「這兩張寫真照一點都不像我。可是我很喜歡。」陳能軒有感而發，說出我們大家的心聲。

「既然大家都滿意就好。現在大家看相片後面是不是有印一些阿拉伯數字？」

「有。」

「好，現在你們自己選選看，看這兩張你比較喜歡哪一張放在畢業紀念冊上。」大肚魚老師拿出一張表格放在講桌上。

「決定好以後，就把你選中的那張相片後面的號碼告訴我。這兩張相片就送給你們作紀念了。」

大肚魚老師說完，大家擠上前去報號碼。我報完號碼，把相片隨手夾在正在看的歷史漫畫《范仲淹傳》裡頭。不知道當年受到范仲淹「義田」照顧的鄉人，心中的感激，是不是也像我們今天對修圖軟體的感激那樣多呢？

17. 誰撕了我的寫真照？

「拜託噢老師！」汪華全誇張的說，「就算不曾跟王有順同班，也會認識他好嗎？他徹徹底底就是一個怪咖，我們全班都嘛認識他。」

下午的掃地時間，也是遊戲時間。

我用最快的速度打掃完自己的責任區，回到座位和我的《蘇東坡傳》難分難捨。蘇東坡既是個天才也是個白痴，還敢寫詩自誇有「八

風吹不動」的修養，結果被佛印寫兩個字「放屁」，就怒氣沖沖的過江找他理論，佛印那句「一屁打過江」描寫得好妙。天才就是這樣吧？自以為是！難怪蘇東坡一直被貶官。

「王有順，前幾天發給你的那兩張寫真照呢？」大肚魚老師突然皺著眉出現在我的座位前，旁邊站著隔壁班的同學汪華全。

「在……」我完全忘了寫真照的事了，根本就想不起來。

「在這兒。」大肚魚老師伸出他的手，一疊破碎的相片躺在他手中。

我的臉被從鼻子撕裂成上下兩半，姐姐幫我買的檸檬黃上衣，也被撕成左右兩半。右手從肘關節那兒就斷裂了。

「是誰撕的？」我覺得很受傷，卻連凶手是誰都不知道。

「你在哪裡掉的相片？」大肚魚老師問。

我腦中一片空白。

大肚魚老師不死心。「你再想想看，前天我發相片之前，也就是下午第一堂課，你在做什麼？」

「我——」我想起來了，「我在看書。」

「哪一本？」

「《范仲淹傳》。」

「你回家後有沒有把相片給爸爸看？」

我搖頭。我想起來了：「我前天把相片夾在《范仲淹傳》裡。」

「書呢？還給圖書室了沒？」

我搖頭，跑到教室後面的置物櫃去找，《范仲淹傳》裡果然沒有相片。

「是誰？是誰撕了我的相片？」我打了個冷顫。

「你在哪兒撿到這相片的？」大肚魚老師問六年五班的汪華全。

「在一樓玄關的公用電話亭『哈啦小站』。我打掃那兒。」

「你怎麼知道這是我們班同學的相片？」

汪華全答：「我和王有順中年級同班。」

「噢。」大肚魚老師說，「我剛才覺得奇怪，你怎麼知道這相片是我們班的。」

「拜託喔老師！」汪華全誇張的說，「就算不曾跟王有順同班，也會認識他好嗎？他徹徹底底就是一個怪咖，我們全班都嘛認識他。」

「同學，不要隨便批評別人。」大肚魚老師瞧了我一眼，「我們班王有順只是很多時候跟別人不一樣，不是怪咖好嗎？」

「噢！」

「謝謝你幫忙撿回相片，我會處理的。你可以回教室去了。」

汪華全走了。上課鐘聲剛好響起。

「你現在心理一定很難過，老師了解。」大肚魚老師拍我肩膀，安慰我，然後就回到他的辦公桌，開抽屜找書本準備上課。

我心裡真的很難過，剛才拚命加快速度掃地，賺來的五分鐘，竟然被兩張破碎的相片破壞了。否則，我起碼可以多讀個好幾頁的，看看蘇東坡和佛印這對好朋友還發生了什麼有趣的故事。

外掃區的同學先後回來了，風紀股長站上講臺登記吵鬧者的名單，整個教室瞬間沉寂下來。

「大家把桌面收乾淨，只留一枝原子筆。」大肚魚老師由辦公桌走過來，邊說邊發給每個人一張白紙。

「老師，這紙要做什麼？」

「是不是要玩小天使遊戲？」

「該不是要臨時測驗吧？」

風紀一走下講臺，回自己座位，同學們的嘴巴立刻就活了過來，大家七嘴八舌的問個沒完。

大肚魚老師發完紙，鎮定的宣布：「我們班發生一件令老師感到很遺憾的事情，王有順的寫真照夾在故事書中，卻被別人撕碎，丟到玄關的『哈啦小站』去了。」

大家都停下手邊的動作，轉頭望我。我感到渾身像被千萬枝箭射到似的，既熱又痛。

「大家試著問自己，」大肚魚老師的右手擺在自己胸前，「如果是你的相片被別人撕掉，故意丟在『哈啦小站』，你是不是也很傷心？」

我的眼角瞥見很多顆頭點個不停。

「馬上就放學了，老師不想浪費大家的時間去追究『凶手』是誰，也不想去責備凶手，只是希望做錯事的小朋友，你能夠寫些字跟王有順道歉，我相信他會原諒你的。沒有撕照片的人，也請你們能夠將心比心，寫一些話來安慰王有順。雖然王有順大部分時候跟別人不太一樣，也有一些缺點要改進。但是他跟大家一樣，都需要別人的關心與祝福。相信大家送出的溫暖，可以讓他開心一點。你們都不必寫自己的名字，老師不想處罰犯錯的人，只是希望他認錯、道歉！」

大肚魚老師的話讓我感動，大家開始低頭書寫。

放學鐘聲響起時，還有好幾個同學還沒寫完，說是要帶回家寫，明天再交給我。但是大肚魚老師不肯：「不要影響大家的課後時間，簡單寫幾句心裡的話就好。」

大肚魚老師把全班的紙條都收來交給我。

「回家仔細看，老師晚上再跟你聯絡。」

回到家，阿公不在，爸爸也還沒回來。

安安靜靜的環境最適合看傳記小說了。我打開《蘇東坡傳》，看到他愈來愈不順的命運，真想替他去罵罵那些害他一再被貶官的小人，怎麼可以因為別人比自己優秀或是理念不同，就去陷害別人呢？真是可惡。

「鈴——」

電話響了，我拿起話筒，大肚魚老師哇啦哇啦叫：「找到凶手了沒？」

「什麼凶手？」我莫名奇妙。

「就是撕你相片的人，有沒有人承認？有沒有人跟你道歉？」

「啊？」糟糕，我竟然忘記這件事了。

「你一回家就看故事書，完全忘記了，對不對？」大肚魚老師在話筒那頭歇斯底里大叫，「枉費我花了一堂課叫全班寫紙條給你。你竟然毫不在意，真是——真是——」

大肚魚老師的話還沒說完，就把電話掛掉了。

我馬上掏出書包裡的那疊紙來看。

「王有順，你別難過，相片再洗就有。」工整漂亮！是班長黃馨儀的字。

「加油！不要再難過了！」字的旁邊還有一幅精彩的漫畫，一看就知道是本班的漫畫天后錢思妤的作品。

「別難過了啦！如果曾經傷害到你，很抱歉！雖然照片不是我撕的，我也不知道是誰撕的。」這個字，好像認識，又認不大出來。

「『小草，你的步履雖小，卻在足下擁有整片大地。』別小看自己喔！」這張引用課文中的泰戈爾詩句來鼓勵我，一定是李正豪寫的。

「小事一樁，你給我振作起來，相片再列印就有了。只要抓到凶

手，我一定幫你出頭。」看口氣就知道，這是六年來一直照顧我的張有春。

「對不起！我以前對你很匈，讓你不輸服。可是偶不是這遍的『匈手』。」錯字連篇，不用猜就知道是朱威傑寫的。

「王有順，別難過了。雖然我以前常罵你，但你是好人。」每個字都大得像一顆包子，想必是巨無霸女王楊幸嘉的手寫出來的。

我急著看完同學寫給我的紙條，但寂寞了一天的勇氣，一直靠過來想跟我玩。我沒空，趕牠走，牠又來。再趕，再來。

我終於把全班寫的紙條全都看完了。

沒有人承認自己是凶手，叫我怎麼跟大肚魚老師交代呢？我急了，重新把所有的紙張再看一次，還是沒有新發現。

勇氣又靠過來，我隨手拿起桌上的橡皮筋，往牠的尾巴套了兩圈，還想套第三圈時，牠掙扎著逃走了。

「鈴——」電話又來了，還是大肚魚老師，「看完了嗎？如何？」

「全部看過了。」我感到自己快要窒息了，還是硬擠出一點力氣來回答：「沒有，沒有人承認自己是『凶手』。」

話筒那頭靜悄悄的。

「老師——」

難道大肚魚老師把電話掛了？難道大肚魚老師對我生氣了？

「老師——您還在嗎？」

「老師——」不知道為什麼，我哽咽了。「老師——」

「有順，老師還在，你不要難過。」大肚魚老師顯得有點兒洩氣。

「老師，對不起，我——我——」我說不下去，哭了出來。

「老師知道你今天很不好過，沒關係，相片再加印就有了。」大肚魚老師安慰我的話，跟許多同學們寫的都一樣。

「別再傷心了，明天把所有的紙條和相片帶到學校，老師會好好調查。嗯？」

「老師再見！」放下電話，我終於鬆了一口氣。

勇氣在角落一直追著自己的尾巴兜圈子，牠想要掙脫綁在尾巴上的橡皮筋，可是牠愈是用力追，尾巴轉得愈快。不知轉了多少圈，勇氣終於累癱在地上了。

我又把紙條拿出來，一張一張過濾可能的「凶手」，每一張都可能，可是，又不太可能。他們的安慰和祝福都那麼的真誠。

怎麼辦？找不出凶手，明天怎麼跟大肚魚老師交代？真煩惱。

勇氣忽然站起來，飛快往屋外跑去，邊跑邊甩尾巴。

一會兒，勇氣回來了。牠尾巴上的橡皮圈在牠拚命往前跑時甩掉了！

原來，一直回頭轉圈圈，咬不掉尾巴上的束縛；唯有努力往前跑，才能甩掉一切。

突然，我明白了。

感謝勇氣！

18. 勇氣教我的事

彌勒佛老師說：「這個世界因為有各種顏色的花，才會萬紫千紅多彩多姿，也因為有各種不同想法的人，人類文明才會豐富多元。你雖然很多想法、做法跟別人不一樣，但這並不代表你是錯的，更不代表別人可以撕你的寫真照。」

升旗鐘聲響起，全班到走廊排隊，準備去操場集合。

教室的電話聲響起。

「王有順，輔導處的顏老師找你，你今天不必升旗。」班長黃馨儀放下電話通知我。

「好好喔！」一群同學對我投來羨慕的目光。

我就在眾人的羨慕聲中前往輔導處。

輔導處靜悄悄的，只有彌勒佛老師在辦公桌前用著電腦。

「報告！」

彌勒佛老師轉頭看到我，親切的招手：「六六有順，快過來。」

「彌勒佛老師，您找我嗎？」我一開心，就叫出了她的綽號。

「噢！小帥哥，連你也這樣叫我呀？」彌勒佛老師故意把一張臉都皺成一團。

「老師，對不起。」

「沒關係啦！其實我們都知道學生喜歡背後為老師取綽號，像你們都叫導師『大肚魚』，自然、社會科的楊老師被你們稱作『小羊』

對不對？」

我好驚訝。「老師，你都知道？」

「當老師的，最關心的就是學生的一舉一動了。學生為自己取的綽號怎麼能不知道呢？其實我還滿喜歡同學叫我『彌勒佛』的，有一種喜感。別叫我『肥羊』就好了。」

「為什麼？」

「因為我不想變成『待宰的肥羊』啊！」

哈哈哈！沒想到彌勒佛老師還挺幽默的。

等我笑完，彌勒佛老師一臉正經的說：「昨天晚上，你們大肚魚老師打電話找我，跟我說相片的事。」

「噢！」又是這件事。我的好心情跑掉了大半，不過，幸好我已經拿定主意了。

「你希望找出撕你相片的人嗎？」

我搖頭。

「難道你不希望人家跟你道歉？」

我搖頭。

「你是不是怕人家不願意道歉？」

我搖頭。

「還是你怕老師查不出來？」

「只要大肚魚老師想做的事，沒有一次做不到的。」

「難道你不想知道人家為什麼撕你的相片？」

我搖頭。不想說，最後還是說了：「我很多時候跟別人做不一樣的事，他們就說我是怪咖，有些人找到機會就亂開我玩笑。」

「撕相片應該不只是開你玩笑。」彌勒佛老師扳正我的肩膀，看著我，「你必須面對這個問題：別人欺負你。」

我知道，但我已經知道自己該如何做了。

彌勒佛老師說：「這個世界因為有各種顏色的花，才會萬紫千紅多彩多姿，也因為有各種不同想法的人，人類文明才會豐富多元。你雖然很多想法、做法跟別人不一樣，但這並不代表你是錯的，更不代表別人可以撕你的寫真照。」

彌勒佛老師的眼神十分真誠。「你不怕被同學再一次傷害嗎？」我的心好像被針刺了一下，好痛！但是，昨天傍晚看到勇氣掙脫牠尾巴上的橡皮圈之後，我變勇敢了。

並不是一定要像電視上的新聞那樣，警察把壞人抓起來，讓他們戴安全帽上電視，或是讓做錯事的人用衣服遮著臉出現在螢光幕上，就是解決「欺負」這個問題最正確的做法。

同學們在紙條上寫得對，相片再印就有了，每一張紙條都充滿了真誠的安慰和鼓勵，為什麼我們還要花那麼大的力氣，要別人承認自己的錯誤？在不一定有凶手的團體裡去揪出凶手呢？

「同學們寫的紙條可以借給我看嗎？還有那些相片碎片。」

「我昨晚把它們丟到回收車裡去了。」

「嘎？」彌勒佛老師睜大眼。

「誰教你這樣做？」

「這是『勇氣』教我做的。」

「『勇氣』？他是誰？」

「我們家的一隻土狗。」

19. 真的做到了嗎？

大肚魚老師問：「你們家『勇氣』教你的事，你真的做到了嗎？為什麼相片的事你可以處理得那麼好？媽媽的事你卻不想面對？試試看，你可以做到的。」

大肚魚老師把攝影師為我加印的相片放到我桌上：「保管好，別再掉了。」

「謝謝老師。」我放下書，點頭答應。

「別再看書了，趕快去打飯菜。」大肚魚老師望了一下午餐餐檯，「快去打菜，別讓全班等你。」

「噢！」餐檯那兒真的沒有人在排隊了，五個負責打菜的同學都望向我這兒。唉！《成吉思汗傳》才剛開始看一丁點兒，真是緊張，九歲的鐵木真被爸爸帶去選妻子，選中了一個大他兩歲的女孩，鐵木真被放在妻子家當女婿，獨自回家的爸爸卻半路被敵人下了毒⋯⋯

「快去盛飯菜。」大肚魚老師低聲一喝，我不得不拋下小小年紀的鐵木真，去盛飯菜了。

「鈴——」

教室的電話聲響了。風紀股長錢思妤從講臺跑去接電話。

「王有順，你的電話。」錢思妤大聲叫我，等著「開動」的全班，眼光都放在我身上。

我的電話？這個時候怎麼會有人找我呢？我望著手中的空餐盤，

再看看餐檯前等著為我打菜的五個服務同學。

我望向大肚魚老師，他皺著眉對我點頭，然後頭朝電話的方向擺了擺。我了解他的意思，可是——

全班著急的眼光都望著我，我覺得自己的肚子也咕嚕咕嚕叫了。師命難違，我端著餐盤邁步往電話走去。

「噢——」全班不約而同的發出失望聲。

我停下腳步，遲疑的望向大肚魚老師。老師再度堅定的把頭往電話方向轉去，並走過來接過我的餐盤。

「開動！」大肚魚老師一聲令下，全班開心的吃午餐了。我也鬆了一口氣。「喂！」當我拿起話筒的那一刻，瞥見大肚魚老師走到餐檯前，幫我盛飯菜。

「順順嗎？」聽筒那頭響起媽媽興奮的聲音，我內心既驚訝又生氣。

「你為什麼早不打來，晚不打來，偏偏我們要吃中餐的時候打來？」

媽媽好像沒有感覺到我的不高興。「我告訴你，剛才醫生說我快要可以出院了。我出院後，會努力陪伴你，不讓別人說你是怪咖。」

媽媽繼續開心的說：「我得到消息第一個告訴你喔！」

「噢！」我猶豫的問，「阿姨和姐姐都不知道嗎？」

「我還沒告訴她們，等一下你幫我打電話告訴她們這個好消息。」

「好。」

「你幫我叫老師來聽電話，我有話跟他說。」

我瞥了一眼，大肚魚老師盛好自己的飯菜，剛坐回他的座位。

「不要啦！老師在吃飯。」

「我跟他說一下就好了。」

「你要跟他說什麼？我轉告他就可以了。」

「我要問他，你最近有沒有按時寫功課？有沒有乖乖上課？」

「有啦！我都有乖。」糟糕，已經有人吃完盤中的飯菜，端著餐盤回到餐檯前開始第二輪的攻擊了。

「你自己說的，我不相信。我要老師親口告訴我，我才放心。」

眼看著大肚魚老師正吃得津津有味，我怎麼能打斷他吃飯呢？更何況，媽媽以前鬧了那些事，他恐怕懶得聽媽媽的聲音吧！

「要不然，你等一下再打來好了。我肚子餓，要吃飯了。掰！」

我說完趕緊掛話筒。瞥了一眼教室，大家不是認真的吃著自己的飯，就是和旁邊的同學低聲聊天，沒有一個人望向我這兒。

我悄悄的按下了電話機的「會議中」那個鍵，迅速回到自己座位吃飯。

果然，教室的電話沒有再響起，我匆匆吃完，還睡了個甜甜的午覺。

下午第一節課時，隔壁班老師突然站在走廊外，探頭進來：「余老師，你們班的分機是不是沒放好？總務主任說有家長打不進來，要我過來問一下。」

糟糕，我午睡起來竟然忘了把電話鍵恢復了。

「噢！謝謝。」大肚魚老師走下講臺，朝電話按了一下，回到講臺繼續上課。

謝天謝地！大肚魚老師沒有問是誰按的鍵。

「所以呢，從作者的這篇文章我們可以知道，他內心是多麼的——」

「鈴——」大肚魚老師才講了兩句話，電話響了。他無奈的走下講臺接電話。

錢思好馬上站上講臺管秩序。大家鬆了一口氣，開始安靜的做自己的事。根據經驗，只要是家長打來的電話，大肚魚老師一定滿臉堆笑陪著講很久。

我拿出《成吉思汗傳》去找鐵木真。鐵木真的爸爸死後，家裡的牛羊被搶光，族人也散去，他只好跟著媽媽過苦日子……

「噹噹噹——」下課了，大肚魚老師仍被電話纏住，教室裡的同學全跑光了。我繼續乘著文字的翅膀，穿越時空陪伴鐵木真。

鐵木真終於長大，娶了妻子。他把丈母娘送的嫁妝皮大衣送給父親生前的盟友王汗，從此兩人情同父子。

沒想到，鐵木真心愛的妻子，竟在一個清晨被敵人擄去，他的財物也被搶走，便去跟王汗求救兵，另外請自己的好朋友札木合出兵，三路兵馬一同救回妻子，洗刷奪妻之恥……

「有順，中午是你把電話按成『會議中』嗎？」不知何時，大肚魚老師講完電話，來到我身邊。

我低下頭，不敢看老師。

「剛才是你媽媽從醫院打來的電話。」

天啊！我竟然沒有想到。媽媽到底和大肚魚老師說些什麼呢？

大肚魚老師像是有讀心術似的，回答了我內心的問題。「你為什麼都不跟老師說媽媽住院的事？」

「我——我沒想到要說。」真的，我從來沒想到要告訴任何人這件事。就是張有春，我也很少跟她提到媽媽的事。我從來都沒想過要跟人家說，我媽媽住在精神病院的事。

「其實，你姐校慶運動會那天就告訴我了。」

噢？原來大肚魚老師什麼都知道。

「從你媽媽講的話聽來，她應該恢復正常了。」

「噢！」

「有順，抬頭看老師。」

大肚魚老師輕拍我的肩膀，我抬頭接觸到他嚴厲中帶著鼓勵的目光。

「你們家『勇氣』教你的事，你真的做到了嗎？為什麼相片的事你可以處理得那麼好，媽媽的事你卻不想面對？試試看，你可以做到的。」

20. 如深坑般的往事

媽媽說：「我康復了，我會努力陪伴你，不讓別人說你是怪咖。」

難道，我真的是因為沒有媽媽陪伴，才成為一個怪咖？

鐵木真的故事再也吸引不了我。

我跌入了如深坑般的回憶片段……

我在黑暗中聽到了尖叫聲、咒罵聲、家具碰撞聲……還有薰人的

酒臭味，然後是「碰！」「碰！」的兩個關門聲，一切聲音都停止了。

世界好像被丟進了臭水溝，再也沒人搭理。我躲在棉被裡不敢起來，過了不知多久，我的頭一陣涼，原來是姐姐掀開我的棉被。

「起來吧！戰爭結束了。」姐姐告訴我。

我伸頭往房外張望。「人呢？」

「哪知？一個八成又去喝酒，一個大概去美髮店找阿姨訴苦了吧？」姐姐聳聳肩，「我要讀書去了，希望明年可以到北部唸大學。離家愈遠愈好。」

姐姐回房唸書了。我爬起來找水喝，路過阿公的房間，從虛掩的門縫中，看到阿公一人靜靜的坐在床上，左手跟右手在下棋。

後來，姐姐真的去臺北打工唸大學，很少回來。爸爸、媽媽像是仇人一樣，見面都不講話，一講話就吵架，爸爸一喝酒，兩人就打架。

有一次姐姐從臺北帶回一本《臺灣歷史故事》，海盜鄭芝龍、國姓爺鄭成功、丟臺統治者鄭克塽，鄭家三代男人不同命運的故事，開啟了我對歷史故事的好奇，從此，當家裡發生戰爭時，阿公躲到棋戰裡，我則躲進了歷史大戰裡。

媽媽原本和阿姨合夥開美髮店，有一天，媽媽在為客人剪髮時，跟客人聊到賭博和喝酒的話題，客人不經意的說：「男人哪個不拚酒的？你這個做太太的未免也太大驚小怪了吧？」

媽媽一發火，手下的推剪失去理智，「吃吃吃——」的在客人的頭頂吃出了一條高速公路。

媽媽的言行愈來愈偏激，阿姨不敢再讓媽媽做生意，只好透過朋友介紹，帶媽媽去認識佛祖。

自從媽媽跟佛祖做朋友之後，開口閉口都是「阿彌陀佛」，勸人

要唸經，不要做壞事，不但嚴厲責備爸爸喝酒、阿公賭博的事，連我吃肉都被禁止，她說我吃肉是殺生、是造業。

媽媽親自到學校，在同學面前跟老師交代，營養午養時別讓我吃肉，她說：「我們家順順將來是要上天堂修行的人，請老師不要讓他吃肉，以免害他墮入地獄，萬劫不復。」

「孩子正在發育期，如果營養不均衡，會影響發育的。」老師勸說。

媽媽臉色大變。她指著老師的鼻子罵：「你是怎麼當老師的？如果害我們家順順上不了天堂，你將來一定會下十九層地獄。」

那時候，我真的好想馬上就鑽進第十九層地獄去，再也不要出來了。

媽媽的狀況愈來愈糟。

早上她會比我早出門，站在我們班的走廊，頭探進教室，捧著一本《金剛經》唸唸有詞，說是要超渡上下四方的野鬼，嚇得女生們哇哇大叫；有時，她會到各班走廊巡視，然後，當我們老師進教室時，她就跑過去跟老師說：「美女老師（我中年級的導師是個女生）早，你遲到嘍！隔壁兩班的老師都來了十幾分鐘啦！」

我們的「美女老師」臉上一陣青一陣白的。

那幾天，我只好一整天都低頭看故事書，不敢抬頭望老師。很巧的是，我們「美女老師」好像也特別寬待我，即使我上課沒有抬頭看她，她也沒有點我起來回答問題。

但是，並不是每次我的運氣都這麼好。

升上五年級後，重新編班，有一陣子媽媽都沒有出現在校園，我正高興可以在新班級重新作人。有一天，我出門上學時，沒有看到媽媽，以為她還在睡覺，沒想到一踏進教室，就看到媽媽在黑板上寫著：「般若波羅密多……」然後，她站在講臺上對著早到的同學說：

「各位同學，平時要多讀〈心經〉，它會增長你的智慧，讓你逢凶化吉……」

臺下同學安安靜靜的望著她，以為媽媽是代課老師。一個個張大眼睛望著講臺上的媽媽。只有我，拿出書包中的課外書，專心啃我的歷史故事。

「〈心經〉背熟了，除了讓你有智慧，還能讓你的數學更好喔！」

臺下的同學紛紛發出訝異聲。媽媽愈說愈起勁：「所以王媽媽告訴你們，你們每天早上起床就要先……喂，王有順，怎麼媽媽講話你不聽？你看全班都認真聽你媽說話，就只有你——」

媽媽氣沖沖走到我面前，搶去我手中的《封神演義》，摔到地上。

「哇！」全班嚇了一跳，其實我知道，大家不是被媽媽的舉動嚇到，而是被她是「王有順的媽媽」嚇了一跳。

我安靜的撿起書，低頭回座位，一句話也沒說。我的不回應讓媽媽沒輒，她邊走邊罵：「就跟你爸爸一樣，悶葫蘆一個，跟你講了半天，話也沒回一句。」

媽媽的身影消失在走廊盡頭，聲音也消失在大自然的宇宙之中，但是，從那天以後，大家就開始用怪異的眼光看我。無論我說什麼話，做什麼事，大家看著我的目光讓我很不舒服。甚至大肚魚老師頒發段考社會科前三名的獎狀給我時，大家都用詫異的眼光追隨著我。

校園中不斷流傳著媽媽異於常人的八卦消息，像是：媽媽為了沒錢搭公車去佛堂，還跑到校長室跟校長借十塊錢；媽媽跑到輔導處說要參加義剪活動，免費為清寒學生理髮，卻把一個中年級男生理了個大光頭；媽媽報名參加路口的導護工作，卻在路口拿著導護旗跟送小朋友上學的家長吵起架來，因為媽媽指責人家寵孩子，「電視上的慈禧太后

說：『慈母多敗兒。』你是要害你的兒子將來成為敗家子嗎？」

媽媽的精神狀況愈來愈不好，阿姨到我們家找爸爸。爸爸說：「我每天上班賺錢都不夠一家人吃飯了，哪有時間顧她？」

阿姨只好去找阿公想辦法。

阿公說：「少年人的代誌，我不佇管。伊自己說好就好。」「他們就是不好呀！我才會來找親家公您商量。好歹阿滿也是您的媳婦呀！」

阿姨心急如焚，阿公卻像是喝了一瓶淡定紅茶。「伊是你小妹，你這個姐姐做主就好了。我沒意見，但是我要先跟你講喔！我沒錢。」

心灰意冷的阿姨只好暫時把媽媽的事放下來。

直到有一天，我們放學時，路過公園，看到幾個流浪漢圍著一個白衣白裙，頭上結個髻的女人，那女人站在一個大石頭上，一手拿根樹枝，一手拿著小瓶子，朝著跪在草地上的流浪漢灑淨水。女人站得高，裙子又很短，有兩個流浪漢甚至趴在草地上，色瞇瞇的仰望女人的腿……

「我是觀世音菩薩再世，今天來普渡眾生……」

「咦？這聲音好熟悉……」張有春停下腳步，望向我，再望向站在大石頭上的白衣觀世音，驚叫：「王有順，你媽！」

那一天晚上，阿姨在我面前打電話給姐姐：「你再不回來救你媽，你就等著披麻戴孝做『孝女』好了！」

隔天，姐姐請假回來了。

「媽，我和阿姨陪你去一個新的佛堂，在那裡，你可以安靜的修行。」姐姐哄著媽媽。

「我在這裡修行唸經就很好啦！」

「不行啦！這裡的環境不夠好，我找到的那個修行的地方，還有

醫生、護士照顧你的健康。」

「我又沒有生病，幹嘛要看醫生？」媽媽嘟著嘴。

「我們都知道你沒有生病，可是修行的人因為吃素，容易營養不良，所以最好在醫生、護士、營養師的照顧下修行。這樣比較容易修得正果。」阿姨補充說。

「可是大姐，我如果走了，這個家怎麼辦？順順一定整天看故事書不寫功課，孩子的爸爸光喝酒也不會顧小孩，他阿公只知道賭錢，哪裡會注意到孫子有沒有吃飯？」

聽到媽媽這樣說，我的眼眶溼了。

「阿滿，你忘了還有阿姐我呀！你放心去修行吧！我們家有春和有順同班，他的功課我顧得到的，肚子我也不會讓他餓到，你放心，我們家有春吃什麼，你們家有順就吃什麼。」

「那我就放心了。」

媽媽就這樣被姐姐和阿姨送進了精神科醫院。那天，四月十三日星期五。我還記得那天她們三人往公車站牌走去時，媽媽還一直回頭，對我揮手。

那時，我覺得自己的手好沉重，差點就舉不起來了。可是，我的心裡卻又有石頭落地的感覺。我不知道媽媽是否會痊癒出院，但是我敢肯定，我上學再也不必提心吊膽，擔心媽媽突然出現在窗外。

如今，醫生說媽媽已經痊癒可以出院了。這是好消息嗎？我想起媽媽中午在電話裡跟我說：「我出院後，會努力陪伴你，不讓別人說你是怪咖。」

難道，我真的是因為沒有媽媽陪伴，才成為一個怪咖？

21. 張牙舞爪的媽媽逃哪兒去了？

我詫異的看著媽媽，她的側面是那樣的平靜，以前那種張牙舞爪的樣子，是跑到哪兒去了呢？

放學回到美髮店門口，阿姨正在為客人吹著頭髮，一個顧客坐在旁邊等候，媽媽站在水龍頭前，專心的為客人洗頭髮。

阿姨眼尖，一看到我踏進店來，就使眼色要我過去，她關了吹風機，拿起大鏡子給客人看後面，並小聲對我說：「醫生給你媽開的藥量減半，她今天目光果然比較有神，動作也靈敏不少，我讓她試著從洗頭開始恢復工作，她做得不錯喔！」

「謝謝阿姨！」

「你媽幸好有你這個阿姨，要不然一生就毀了。」客人也悄悄的說，看來是熟客。

「嗯！」我走到阿姨的收銀櫃檯，打開書包，瞄了一眼《丘逢甲傳》和數學課本，猶豫了一下，拿出數學習作，開始寫功課。等張有春從安親班回來，我就可以和她對答案。現在，媽媽回家了，我再也不要拖拖拉拉到半夜才寫功課了。我不能讓媽媽生氣。

萬一媽媽生氣引發舊疾，豈不是又要去住院？

「咦？你放學啦？」媽媽扶著客人頭上的毛巾，和客人一同回到鏡檯前。「快寫功課，待會兒媽媽下班一起去菜市場。」

媽媽的語氣給我一種安定的力量。想起去年，我因為沉迷課外書，以致作業經常缺交。有一天，媽媽一早去教室宣揚素食的好處，被大肚魚老師逮到機會告我的狀。

「學生作業沒寫，是你們老師的事，關我們家長什麼事？」媽媽一句話回嗆過去，氣得大肚魚老師臉上一陣青一陣白，扭頭就回自己辦公桌去，不再理她。媽媽離開教室時，右手作成剪刀的形狀，在額邊比畫著，對坐在窗邊的同學說：「你們老師阿達阿達的。」

陳能軒馬上在座位大叫：「老師，王有順的媽媽說你阿達阿達的。」

全班哄堂大笑，那時那刻，我真恨不得衝出走廊把媽媽推走，推得遠遠的，推到外太空去，這輩子再也不要讓我丟人現眼了。

可是，此時此刻，媽媽就跟同學們的媽媽一樣催我寫功課，別人被催可能會覺得厭煩，可是我卻被催得好開心、好幸福。

媽媽又幫一個客人洗好了頭，我的數學作業剛好寫完。

「姐，我可以下班了嗎？」媽媽望著阿姨，「黃昏市場快打烊了。」

「可是，有春還沒回來，我等著跟她對數學答案。」我有點急了，這個張有春，今天怎麼搞的。

「噢！我忘了，她今天安親班下課後，要直接去上英文，上星期發燒缺課，今天要補課。」

「沒關係，回家媽媽幫你檢查就好了。」媽說。

「真的？」我又驚又喜，又有點兒懷疑。

「你媽是高中畢業的，她數學可好呢！沒問題的。」阿姨朝我眨

眨眼。

「那我們去菜市場吧！」我快速的收拾書包。

我們離開的時候，阿姨追出來，拿了一張千元紙鈔給媽媽。「阿滿，這是你今天的薪資，拿去加菜。」

「謝謝大姐。」媽媽感激的說。

「沒事，沒事！這是你該得的。你今天洗了幾個頭，客人都很滿意，歡迎你回來幫忙。前些日子掃地的工錢，月底再結算給你。」

「謝謝大姐！」

「快去吧！晚了菜市場可真要關門了。」阿姨拍拍媽媽的肩膀。

我們匆匆往菜市場走去，媽媽的神情有點兒緊張，走路步伐卻快不起來。

「你想吃些什麼？」媽媽舉起手中的皮包，「我領薪水了。」

「我要吃萬巒豬腳，油雞、北京烤鴨……」

「等等——等等——」媽媽制止我，「今天先買豬腳和油雞好了，怕錢不夠。」

「好，剩下的就等你下次領薪水再買好了。」我學著阿姨的口吻說，「阿滿，你要按時吃藥，等你完全康復，就可以恢復設計師的職位。」

「是的。老闆。」媽媽配合我演戲。

「雖然吃了藥會變成半個機器人，但我一定會按時吃藥。」媽媽緩慢的一個字一個字輕輕說，「只有遵照醫生的囑咐服藥，我才能陪著我的順順快樂的長大。」

我的心裡一陣溫熱。

媽媽說話時臉部表情不再像以前那樣激動，我知道那是藥物控制了她狂亂的情緒，但藥物卻限制不了她對我的愛。

因為我，媽媽努力讓自己進步。

媽媽進步，阿姨高興，她自己高興，我當然更高興。

我們買好了菜，回家途中，路過紅磚道，眼前一群老人圍著兩張桌子，有人作戰，有人觀戰。

「去叫阿公下完這一盤就回家，說媽媽有買好料的，等他回家一起吃。」媽媽指著一個灰色背影。

「噢！」我靠近前面那一桌正在專心作戰的老人，拉阿公的衣服，「阿公，媽媽叫我請你下完這一盤棋就回家，今天晚餐有好料的喔！」

「真的？」阿公回頭望見我，也看見站在我身旁的媽媽，阿公像做壞事被抓到的小孩子一樣，緊張的說：「阿滿，你下班啦？我這盤棋行完，旋轉去。」

「好。」媽媽點點頭，「那我們先回去。」

阿公鬆了一口氣。「好！好！我旋轉去。」

我們離開老人棋桌好一段路，媽媽突然說：「你阿公也滿可憐的，白天自己在家一定很無聊，才會跑出來玩棋。」

媽媽的話讓我吃了一驚。自我有記憶以來，媽媽只要看到阿公在跟別人下棋，就會破口大罵：「賭鬼！賭死好了，最好不要回來。」

我詫異的看著媽媽，她的側面是那樣的平靜，以前那種張牙舞爪的樣子，是逃到哪兒去了呢？

22. 往前跑，別回頭

我相信只要我像「勇氣」一樣努力往前跑，不回頭，就沒有擺脫不了的困境，也沒有衝不過的難關。我是六六有順。我不是怪咖。

我們回到家，房子冷冷清清的。

李正豪等在門口。

「我欠你一個道歉。」

我詫異的看著他。
「你的寫真照是我從你的書中偷出來，撕掉丟在玄關，故意要讓你難堪的。對不起，我錯了。」
我呆住了，不知如何接話。
李正豪的態度非常誠懇，還帶點惶恐，「你不問我為什麼撕你的相片？」
「很多人認為我是怪咖，看我不順眼。」我說得吞吞吐吐，要面對自己的缺點，真的很不容易，「我一定也有很多不對的地方要改正。」
「是我不對，我嫉妒你的表現超越了我。你的作文、說故事都得第一名，對我威脅很大，我很害怕第一名的寶座被搶。」
「自從你跟大肚魚老師說不想查出『凶手』，我就知道自己徹底輸你了。」

「沒人跟你比啊？」

「可是我會拿自己跟每個表現優異的人比。比贏了很高興，比輸了，就很難接受。我媽說我對自己太沒自信了。」

自信大王李正豪對自己太沒自信？他嚥下口水，「我想知道你為何不想找出傷害你的人，就去問彌勒佛老師，她說，你從你們家的狗身上得到啟示。」

我把勇氣掙脫尾巴的橡皮筋的故事說了。

最後，我下了結論：「只要往前跑，就能脫離困境。一直回頭盯著問題，只會重複兜圈子。」

李正豪對我拍起手來。

「你原諒了傷害你的人，早跑到我的前頭去了。而我還停留在嫉妒的心情中，不斷的兜圈子，真是輸你一大截了。」李正豪誠懇的說，「我現在對你的說故事能力，也口服心服了。」

媽媽擔心的看著李正豪離去的背影。

「你在學校得罪同學了嗎？」

「沒有。他只是來問我『勇氣』的故事。」

「改天也說給媽媽聽吧。現在打個電話給爸爸，請他回家來吃晚餐。」

我照媽媽的話打了。爸爸在話筒那頭楞了一下才回答：「好，一會兒就回去。」

「你別再喝酒了。」我拿著手機跑到房間小聲說，「快點回來，要不然——」

「你媽叫你威脅我？」

爸爸的口氣變差了，我趕緊澄清：「不是！不是！我自己說的，媽媽只說請你趕快回家吃好料的，阿姨讓她今天幫客人洗頭了，她賺到一千元，買了萬巒豬腳回來。」

「有豬腳？」爸爸口氣變好了，「那我提瓶酒回家配豬腳。」

「呃——」我來不及阻止，爸爸就掛電話了。

這可怎麼辦？如果爸爸再喝醉酒，說些亂七八糟的話，媽媽會不會生氣？她會不會又像以前那樣歇斯底里？我回到廚房，望著媽媽做菜的背影，好想跟她說：「別作飯了，爸爸回來還是要喝酒。你是白忙一場。」

媽媽表面看起來很正常，她身體裡面的靈魂，是真的平靜了？還是暫時被藥物控制住？媽媽回家這半個多月，都是爸爸買便當回來，一家人端著便當坐在電視機前，邊吃邊看。今天，媽媽主動邀阿公和爸爸回家吃晚餐，是因為她進步了吧？一定是因為阿姨讓她幫客人洗頭，還給了她薪水，那一千元給她的鼓勵，讓她對自己有信心了。

「我轉來了，阿滿。」阿公提著一個小玉西瓜，「這小玉西瓜，是頭家要收攤，剩一粒俗俗賣我。僅賣十五元。」

「好便宜喔！」媽媽接過西瓜，轉頭交給我，「你來練習切成一大盤，然後放冰箱，吃完晚餐就有冰西瓜吃了。」

西瓜剛切好，爸爸空著手回來了，雖然講起話嘴巴有一些酒氣，但神智還是清醒的，謝天謝地！

大家安安靜靜的圍著餐桌吃晚餐，空氣中迴盪著一股彆扭的氣氛。

阿公的嘴巴大，咬起東西來巴滋巴滋的響著。爸爸低頭猛扒飯，一句話也不吭。

「爸，這塊肉較軟，你吃。」媽媽把一塊蹄膀肉夾給阿公之後，接著也夾了一塊到爸爸碗裡。

「多謝。」爸爸和阿公同時回答。

「爸，這陣子我不在家，多謝你幫忙照顧順順。」媽媽又夾了一塊肉到阿公碗裡。

「阿公疼孫是天公地道的事，謝什麼？」阿公露出笑容，「我的棋友都說咱家阿順生得頭大面四方，有貴人相。」

「別人隨口說的好聽話，哪能信？」爸爸嗆阿公。

「這是真的。」阿公信誓旦旦，「每次阿順來找我，我都會贏棋。像今天這西瓜，就是我贏錢買的。一粒八十塊。」

「你剛才不是說西瓜是老闆要收攤算你便宜，只要十五元？」我疑惑的望著阿公。

「啊！慘啦！這下漏氣了。」阿公尷尬的摀著自己嘴巴。

「阿公，說謊是不好的行為喔！」我淘氣的指著阿公，阿公竟然

臉紅了。

「順順，跟長輩講話要注意禮貌。阿公是怕爸媽不好意思讓他花錢買西瓜，才故意這樣說的。」媽媽糾正我，又夾了一塊肉給阿公，「爸，你的老人年金有限，花錢還是要控制一下。」

「我知道，我平時每天三餐加玩棋不會超過一百元。」阿公忙說。

「以後我下班會順便買水果。等我的情況穩定了，我姐會慢慢恢復我的工作。你不要操心。」

「真的？」爸爸驚喜的看著媽媽。

「嗯！」媽媽點頭，「我昨天去醫院回診，醫生說我進步了，藥量減半。」

媽媽幫爸爸夾了道高麗菜，「我生病這段日子，你辛苦了。」

「不不不，我也不好。我不該成天喝酒簽明牌，惹你生氣，讓你生病。」

大家都吃飽了，媽媽打開冰箱，拿出西瓜。

我咬了一口，好甜！

「大家快吃，就讓甜蜜的日子快點回來吧！」我突然抓到天邊的靈感。

阿公和爸爸、媽媽也一口接一口吃著西瓜，大家紛紛點頭。他們都是很久沒有讀書的成人，一時說不出什麼有學問的話，但我知道，大家心裡的希望其實都跟我一樣。

當心中有愛，自然靈犀一點通。

我跟別的同學一樣愛自己的家，只是我們一家人的愛比別人辛苦。每天泡在酒精中的爸爸，有太多事情不願面對！爺爺是個逃兵！遠在臺北的姐姐也是逃兵！

那我——那我——

我又何嘗不是個逃兵？我逃到書堆中，企圖與現實脫離，藉著與別人不同的行為，來逃避不敢面對的困境。

如今，靠著醫療的協助，媽媽的病情已經得到控制。為了讓這個差點破碎的家能夠重圓，媽媽很努力，我也要很努力。

媽媽得到醫生特赦令的那天中午，她打電話給我，那興奮的話語還在我耳中迴響著：「我康復了，我會回去努力陪伴你，不讓別人說你是怪咖。」

媽媽多麼愛我呀！即使被關在醫院裡，仍然擔心著我被別人說是「怪咖」。媽媽認為因為她的缺席，我才會成為怪咖。其實，我才不是怪咖。

上次廁所事件後，跳級生陳瑤璘送我一張卡片，裡頭寫著：「學長，即使很多人都說你是個怪咖，但是我覺得你很正常，你是個跟一般人不一樣的正常人。加油！勇往直前！」

陳瑤璘寫的沒錯，我不是怪咖。

我正照著心中的鼓聲，往自己的方向前進……

雖然我的成長路上風波不斷，但我相信：只要我像「勇氣」一樣努力往前跑，不回頭，就沒有擺脫不了的困境，也沒有衝不過的難關。

我是六六有順。

我不是怪咖。

後記

那一年，我決定結束多年的教學工作。

要離開熟悉的校園，心情突然很矛盾，覺得好像還有什麼任務沒有完成。

身為一名國小教師，傳道授業解惑之外，還有一個最重要的使命，就是陪伴學童平和的走上屬於自己的成長之路。即使教學生涯結束，我還是希望能繼繼續陪伴孩子們成長。於是，我想到了「故事」，我想用故事陪孩子們長大。

該寫什麼樣的故事送給孩子們呢？

多年來在教學現場發現：成長中的孩子，最常遇到的困擾就是來自人際關係。人際關係好的學生即使學業上表現未盡理想，但因有好朋友可以一起談心玩耍，他們還是喜歡上學。反之，一個受到排擠的孩子，學校生活對他們而言成了痛苦的來源。

所以，我寫下了《我不是怪咖》這個故事，希望透過這個故事，讓小讀者能夠了解：每個人無論外表或內心都不同，我們應該學著去尊重每個跟我們不一樣的人，更要懂得尊重與眾不同的自己。這個世界沒有任何一個人是怪咖，只是某些人比較獨特罷了。

轉眼間，這本書出版十年了。那時閱讀這書的小讀者有的已經完成學業，進入社會工作，成為國家的棟樑。

這段期間，世界產生極大的變化，感謝九歌出版社在此紙本閱讀日漸式微的時代，願意讓這本書重新出版。我把舊版中不符現時社會的情節刪減改寫，希望能更貼近小讀者的生活。

十年的時間不長不短，剛好讓當年襁褓中的嬰孩進入校園，成為《我不是怪咖》的適讀對象。

很遺憾的，校園的角落依然存在著排擠甚至霸凌的事件。弱小的孩子可能會被有意冷落，優秀的風紀股長卻也可能是高風險的職位。

曾有個聰明的十一歲女孩因維持班級秩序而收到六封「絕交信」，被同學排擠讓她不喜歡上學。她問我：「如果您是我們的老師，您會怎麼處理？」我反問她：「如果我是你的老師，你希望我怎麼處理？」這也是我向來處裡校園人際問題的第一個步驟，問當事人他希望我怎麼幫他，在能力範圍內滿足對方的要求，儘可能留給孩子自行處理問題的空間。

「請老師問她們，如果跟我一樣同時失去六個好朋友，她們心裡感受如何？」女孩說，「這樣就好了。我可以再去找新朋友。」

這是個了解自己又充滿自信的女孩，讓人放心。

無論世界如何改變，人際關係的困擾，從來都不會消失在人類社會中。我誠懇的盼望《我不是怪咖》這個故事，能帶給小讀者處理人際關係的智慧和勇氣，在成長的路上快樂前進。

姜子安　於二〇二三年四月

《我不是怪咖》延伸閱讀

鄒敦怜

文本導讀

這篇作品寫的是主角小學六年級的生活紀實，主角六年六班王有順，輔導室老師為他取了「六六有順」這個有吉利象徵意義的綽號。但真實世界中，王有順卻事事不順，學校生活、家庭生活，相對於其他同學他處於弱勢，以至於事事無法順遂。

發生在他身上的事情，就算是大人也會十分沉重：

分組時，沒有人要跟他同組，還得同班的表妹為他張羅；

被家人送去游泳，天性怕水的他在游泳池鬧了大笑話，還被教練

退費；

上科任課，鞋子被同學惡作劇的藏起來，害他無法順利的回家；

被同學捉弄時，班上所有的人都知道，但沒有人為他挺身而出；

上廁所被人欺負，反擊無力，弄得自己一身溼十分狼狽；

拍好的畢業紀念冊形象照，居然有人故意撕毀丟棄；

母親住院、父親失職、同住的爺爺無力教養，甚至老師也因為他的特殊狀況，不能給予真正公平的處置……

陪著主角度過這種種坎坷的是一本本的歷史讀物，故事中有許多主角正在閱讀的書籍內容，情節恰好都是他正得面對的難關。歷史故事中的情節，帶著主角走過生活中真實的痛。

為了平衡這些沉重的瑣事，作者還加入環繞在主角身邊的「好事」：他得到跳級生這個朋友，實驗時終於有了組員；他在寫作、說故事、閱讀這幾個項目得到表揚，甚至贏過之前的第一名；他領悟到什麼是真正的勇氣，讓一直捉弄他的同學心服口服……這些好事如同小小火花，準備開啟最後的彩蛋。

主角成長的故事，也包含對許多重要問題的探討，包含：親子教養、同儕互動、校園霸凌、弱勢家庭、隔代教養、師生相處、閱讀素養、精神病患者的支援同理……。這些是許多同齡孩童都可能面對類似的難題，讀者直接或間接都有相關的經驗，透過主角的主述，讀者不是隔岸觀火的旁觀者，而是深入其中彷佛當下。

這是一個讀了讓人看到光明面的故事，故事結尾的大彩蛋——媽媽終於病癒，即將回到家裡，有順將再度擁有完整的家。「待續中……」的故事，讀者在讀到故事結尾時，腦海中必定也為主角構思一個更美好的未來。

閱讀思考提問

1. 主角王有順的鬧鐘分別設定哪兩種聲音？為什麼他不用一般的聲音當鬧鐘鈴聲？
2. 故事中張有春是誰？她在故事中如何照顧王有順？舉出兩段相關的描述。
3. 王有順參加了哪些比賽？是在怎樣的狀況下成為選手？他的表現如何？
4. 誰藏起王有順的鞋子？這個人為什麼要這樣做？老師怎麼處理？效果好嗎？
5. 阿姨怎麼幫忙處理「鞋子事件」？得到想要的結果了嗎？假如你是王有順，你希望事情怎麼處理？
6. 跳級生陳瑤璘一起上什麼課程？他們怎麼合作？她如何幫王有順在「廁所事件」解圍？

7. 王有順如何填寫「霸凌問卷」？後來他為什麼重新寫一份？從這個插曲可以知道師長對王有順所遇到的事情，是否有妥善處理？為什麼他會被忽略？

8. 運動會時，姐姐為什麼到學校找王有順？結果怎麼樣？你覺得主角這麼做好不好？為什麼？

9. 畢業旅行時，王有順拍的照片主題是什麼？他為什麼不拍人物？

10. 王有順的畢業寫真照，為什麼被撕毀？老師怎麼處理？他又決定怎麼處理？你認同主角的做法嗎？

11. 小狗「勇氣」教會了王有順怎樣的道理？老師提醒他也要用同樣的態度面對「媽媽的事情」？他的媽媽曾發生怎樣的事情？

12. 家中發生過怎樣的事情，讓主角的媽媽被送到精神病院？後來媽媽真的痊癒了嗎？

13. 媽媽回家，家中成員的互動有怎樣的改變？主角從哪些細微之處，看到家人彼此的關愛？

14. 從故事最後一段找出和書名的關聯，作者為主角安排怎樣的結局？說出你期望看到的故事後續發展。

閱讀延伸活動

活動一：閱讀探測器

1. 主角王有順喜歡閱讀歷史故事，看書能讓他忘記煩惱甚至飢餓。故事中主角閱讀的內容，也成為故事重要的過渡或是伏筆。
2. 找一則主角閱讀書籍以及相關內容，理解那段歷史故事中的人物或事件，並且出作者安排這段內容的巧思。

3. 參考如下：

歷史故事	歷史故事重點	作者安排的巧思
《蘇東坡傳》	蘇東坡與佛印的互動，佛印自誇修養好，卻輕易的被蘇東坡激怒，而有「八風吹不動，一屁打過江」的趣事。	主角之後遇到畢業寫真照片被撕毀，這段故事暗示著真正「好的修養」是不會因為別人的言語或行為改變。

活動二：真情傳聲筒

1. 主角王有順因為家庭中特殊的狀況，讓他選擇逃避到歷史故事中，無論周圍的人怎麼對待他，他也總是逆來順受，忍耐著不作聲，希望儘快事過境遷。
2. 讀一讀故事，找出一位與王有順互動的人物，細讀他們之間發生哪些事情，請你替主角發聲，把心中真正的想法告訴對方。

3. 參考如下：

王有順 vs（張有春）

（很謝謝你常常幫我解圍，但是請不要用「給別人好處」的方式收買別人，這樣讓我很不好意思。我會勇敢一點，努力為自己爭取該有的權益。）

活動三：找到正能量

1. 故事中面對很難找到「凶手」的「寫真照片」事件，老師讓同學寫一些話與安慰主角，但主角王有順看了同學的文字之後，心中很感動，更無法透過這些文字找到「凶手」。後來，他看到自己的小狗「勇氣」掙脫橡皮圈，領悟到「要掙脫束縛，才能甩掉一切」，所以決定原諒惡作劇的同學。

2. 生活中許多小發現，如同「小狗努力甩開橡皮圈」，雖然是小小的事件，但卻能從中發掘到能帶我們走出低潮的「正能量」。仔細觀察，找出類似的事件，並寫下你從中得到怎樣的啟發。

3. 參考如下：

觀察的現象	展現的正能量
提袋破一個洞，一直忘了補好，有一天就弄丟了一枝心愛的自動鉛筆。	看到缺點或者錯誤，要儘快改正，不要以為只有一點點沒關係。小缺失可能變成大問題，一開始就要努力修正。

活動四：故事人物簡介

1. 這篇故事中出現哪些人物？找出主角以其與主角互動最多的十位人物，先畫出這些人物彼此的關係。
2. 簡述人物的特點，字數限制在二十字左右。

3. 參考如下：

人物：	特點：
王有順	本書主角，喜歡閱讀歷史故事，常受同學欺負。

活動五：反霸凌救援隊

1. 故事中，因為主角王有順平時表現得跟別人不太一樣，所以成為同學霸凌、冷對待或者忽視的對象。想一想，類似的事情假如發生在你周圍，你可以怎麼幫助這樣的同學？或者假如你就面臨這樣的情況，你會怎麼幫助自己？
2. 面對不合理的情形，人人都必須是反霸凌救援隊，用清楚明瞭的文字，列出三項大家都能做到的「反霸凌守則」。

活動六：愛書人上場

1. 你喜歡讀哪類的書呢？故事中的主角喜歡閱讀歷史故事，閱讀讓他能擷取古人的智慧，從中得到很大的啟發。
2. 你最喜歡哪類的書籍？以「我喜歡讀○○故事」為發表主題，進行兩分鐘的小演說，要能把喜歡閱讀的類別、喜歡的原因表達清楚。

九　歌　少　兒　書　房　2　9　4

我不是怪咖

國家圖書館出版品預行編目 (CIP) 資料

我不是怪咖 / 姜子安著 ; 陳沛珛圖 . – 增訂新版 . -- 臺北市 :
九歌出版社有限公司 , 2023.07
　面 ;　公分 . -- (九歌少兒書房 ; 294)
ISBN 978-986-450-570-8(平裝)
863.596　　112006744

著　　者——姜子安
繪　　者——陳沛珛
責任編輯——鍾欣純
創 辦 人——蔡文甫
發 行 人——蔡澤玉
出　　版——九歌出版社有限公司
臺北市 105 八德路 3 段 12 巷 57 弄 40 號
電話 / 02-25776564・傳真 / 02-25789205
郵政劃撥 / 0112295-1

九歌文學網　www.chiuko.com.tw

印　　刷——晨捷印製股份有限公司
法律顧問——龍躍天律師 ・ 蕭雄淋律師 ・ 董安丹律師
初　　版——2013 年 8 月
增訂新版——2023 年 7 月
定　　價——360 元
書　　號——0170289
I S B N——978-986-450-570-8
9789864505814（PDF）